Les Malades

Ce texte a été publié avec l'aide de la Direction générale du Livre, des Archives et des Bibliothèques du ministère de la Culture espagnol et de la Maison Antoine-Vitez Centre international de la Traduction théâtrale à Montpellier, à l'occasion de *¡mira!*.

¡mira!, manifestation autour de la création ibérique contemporaine, imaginée par le TNT-Théâtre national de Toulouse Midi-Pyrénées, le TNBA-Théâtre national de Bordeaux en Aquitaine, le Théâtre Garonne et le CDC-Centre de développement chorégraphique de Toulouse et l'ONDA-Office national de diffusion artistique, bénéficie d'une subvention européenne au titre du programme Interreg III B - espace SUDOE.

Titre original
Los Enfermos

1, rue Gay-Lussac – 25000 BESANÇON
Tél. : 33 [0]3 81 81 00 22 – Fax : 33 [0]3 81 83 32 15

www.solitairesintempestifs.com

ISBN 2-84681-156-3

Ouvrage publié avec l'aide du
Centre National du Livre

ANTONIO ÁLAMO

Les Malades

Traduit de l'espagnol
par
Cristina Vinuesa
assistée de
Salwa Al Maïman

Les Solitaires Intempestifs

À Alfonso Zurro et Pepa Gamboa

NOTE PRÉLIMINAIRE

Trois colosses ont construit l'Europe dont nous sommes maintenant les héritiers. Le premier d'entre eux s'appelait Adolf Hitler. Lui, avait rêvé que son peuple serait l'Élu, il avait rêvé que les Juifs disparaîtraient de cette terre. Le second s'appelait Joseph V. Staline, il avait rêvé que la lampe allumée sur l'Union soviétique illuminerait le futur de l'Humanité. Le troisième, Winston Churchill, avait un rêve un peu plus modeste. Il avait rêvé d'une Europe dispensée de guerre durant une période de cinquante ans. Leurs rêves, comme nous pouvons le voir, étaient bien différents et cependant aucun d'entre eux ne s'est réalisé. Nos trois colosses avaient au moins un point en commun : ils étaient hypertendus et artérioscléreux. Notre siècle également est hypertendu et artérioscléreux.

Cette pièce peut être considérée comme une espèce de diagnostic.

PERSONNAGES

ADOLF HITLER.
EVA BRAUN, *maîtresse d'Hitler.*
UN MÉDECIN.
JOSEPH VISSARIONOVITCH STALINE.
V. N. PAVLOV, *interprète de Staline.*
WINSTON CHURCHILL.
A. H. BIRSE, *interprète de Churchill.*

Ministres de Staline :
NIKOLAÏ ALEXANDROVITCH BOULGANINE.
NIKITA SERGUEÏEVITCH KHROUCHTCHEV.
GUEORGUI MAXIMILIANOVITCH MALENKOV.
LAVRENTI PAVLOVITCH BERIA.

ACTE PREMIER

OÙ COMMENCENT LES AVENTURES D'UN CADAVRE (30 AVRIL 1945)

Scène unique

Sur scène, un homme de cinquante-six ans, myope, accro au sucre, au café et à la pervitine. Un homme qui ne fait rien, qui dégage de l'ennui dans son entourage ; cancérophobe et archipropre, hypertendu, ce qui lui cause des migraines et d'éventuelles pertes de mémoire. Un homme avec une lésion cérébrale qui est la cause d'un tremblement prononcé, en particulier dans la moitié gauche de son corps. Et une rigidité musculaire qui lui confère une posture pour le peu étrange. La cyphose dont il souffre le fait marcher courbé. Il a les tympans touchés et manque d'équilibre. La main droite ne lui obéit pas. Son visage a une couleur grisâtre et sous ses yeux se forment de grandes poches. Sa peau est d'une pâleur frappante et flasque. C'est à peine s'il supporte la lumière. On observe également une hémorragie dans le corps vitreux de l'œil droit, et même si sa rétine est intacte, il semble qu'il voie tout comme au travers d'un voile. Le cœur, près duquel, l'essoufflement de l'aorte est parfaitement audible, se trouve déformé et présente une dilatation du ventricule gauche avec risque d'infarctus. Il tremble plus que jamais. Il n'arrive à concentrer sa pensée qu'avec de grandes doses d'efforts. Sa mémoire divague. Il n'est pas rare qu'on ait à lui répéter les questions plus d'une fois. De légères crises de type épileptique l'agitent. Quand il marche, il le fait à petits pas, toujours aidé d'une canne ou en s'appuyant aux meubles, et traîne les pieds même s'il ne peut pas non plus rester assis longtemps. Il souffre de sialorrhée et l'excès de salive apparaît aux commissures des lèvres comme symptôme de la maladie de Parkinson. Son nom : Adolf Hitler.

Il est vêtu d'une chemise verte et d'un costume noir avec des chaussettes et des chaussures assorties, le tout très soigné.

À ses côtés, un médecin prend sa tension.

Et dans la même pièce, une ombre : Eva Braun. Elle porte une robe de mariée et tient à la main une boîte de pilules.

Il y a également un chien.

Nous sommes à neuf mètres sous terre dans le refuge de la Chancellerie du Troisième Reich. Les Soviétiques sont déjà très proches, les bombes continuent de tomber sur Berlin. De la même manière, on entend des rafales de balles lointaines.

EVA, *au médecin.* – L'efficacité du poison a déjà été prouvée ?

Le médecin acquiesce.

Par la suite Hitler lui fait signe de se retirer. Le médecin, après s'être mis au garde-à-vous et avoir effectué le salut nazi, sort de scène. Adolf Hitler ne le regarde même pas.

HITLER. – Les gens ne pensent pas, n'ont même d'ailleurs jamais pensé et c'est impossible qu'ils pensent. Pour s'en rendre compte, il suffit d'assister à une première théâtrale.

(On entend une nouvelle explosion plus violente. La pièce, froide et incommode, est secouée comme par le tremblement d'un séisme. Le bureau et le reste des meubles se recouvrent d'une fine pellicule de poussière de plâtre provenant du plafond.)

Le jour où les gens commenceront à penser par eux-mêmes, tous les gouvernements et tous les États et toutes les nations se désintégreront. *(Nouvelle secousse de bombe.)* Oui, il est vrai que j'ai fait l'éloge du peuple allemand abondamment, mais il est également vrai que je n'ai jamais été sincère dans mes déclarations. En vérité je n'ai jamais pensé que le peuple allemand, mon peuple, serait meilleur que le peuple juif. Je n'ai jamais pensé que mon peuple penserait. Moi j'ai dû le faire à leur place. *(Pause.)* Oui il est vrai que j'ai essayé de convaincre mon peuple qu'il était un peu mieux que le reste. Oui il est vrai que j'ai essayé de les éduquer dans la loi qui érige toutes les choses : la lutte éternelle. C'est vrai tout ça. Mais il n'est pas moins vrai qu'en mon for intérieur j'avais l'intuition qu'ils étaient pires. *(Pause.)* Il est vrai que j'ai voulu convertir l'Allemagne en première puissance mondiale. Mais n'est-ce pas justement cela que désiraient Staline et Churchill ? N'est-ce pas justement ce que désirait cette limace Truman ? Quelle est la différence entre eux et moi ? Je dirai quelle est cette différence : moi j'ai perdu et eux ont gagné. J'ai voulu l'impossible. J'ai voulu donner à mon peuple un foyer, fonder une nation et leur donner un destin.

Suis-je coupable d'avoir rêvé l'impossible ? J'ai voulu déshumaniser l'individu pour humaniser la masse, les convertir en héros, en dieux. J'ai voulu l'impossible. J'ai découvert que l'être humain aspire tout au plus à devenir un petit rentier. La démocratie leur donne ce rêve et eux choisissent la démocratie. Moi j'ai perdu et eux ont gagné. Et moi je vous dirai pourquoi j'ai perdu : j'ai perdu parce que mon peuple est un peuple de lâches, un peuple de limaces. Ils ne pensaient pas, ils n'aimaient pas penser ! Ils ne pensaient pas alors que les victoires de l'Allemagne se succéderaient jour après jour ! Moi je pensais à leur place. Mais tout à coup, ils décident de penser quand les choses commencent à mal tourner ! Et maintenant on me montre du doigt, moi ! J'ai été trompé par mes meilleurs amis et j'ai connu la trahison de mon peuple !

Hitler respire avec agitation.

EVA. – Tu parles à qui ?

HITLER. – Je n'arrive pas à comprendre la stupidité des gens.

EVA. – Tu es en train de parler avec qui ?

HITLER. – Avec l'Histoire.

(Eva Braun ouvre la boîte de pilules et sort une capsule de cyanure. Par la suite, Hitler ouvre un tiroir de la table du bureau et sort une boîte. Il l'ouvre. C'est une série de pistolets : un Walter PPK, et un autre plus petit, son Walter 6,35 au manche nacré. Il les pose tous deux sur la table.)

Mais l'Histoire ne m'a pas écouté parce que l'Histoire est en train de forniquer avec les vainqueurs. L'Histoire met sa longue queue dans le cul blanc de Staline alors que Truman met la sienne, molle comme un ver, dans la bouche du Russe et Churchill se la secoue pendant que les avions balancent des bombes sur Berlin.

(Longue pause.)

Eva...

EVA. – Oui ?

HITLER. – Comment tu te sens ?

EVA. – Comment veux-tu que je me sente ?

(Hitler réprobateur secoue la tête.)

Je sens que dans quelques minutes je vais cesser de sentir pour toujours. Et moi je me sens encore plus seule à cause de ça.

HITLER. – Si je n'ai pas versé de larmes pour l'Allemagne, je ne le ferai pas non plus pour toi. *(On entend l'artillerie lourde dévastant la ville.)* Tu entends ? Les bombes continuent de tomber. Voilà ma seule consolation. Mourir pendant que les bombes tombent sur Berlin. Mourir alors que mes compatriotes sont anéantis. Je meurs mais ces connards de vers meurent aussi. Et moi je ne meurs pas avec eux dans la bataille, mais avec toi, Eva.

EVA. – Moi je préférerais vivre avec toi au lieu de mourir avec toi.

Hitler, *sans l'avoir écoutée.* – Dans des centaines de défilés, tu t'en souviens Eva ? Je maintenais le bras figé en l'air des heures durant sans me soucier de la douleur, tout occupé à regarder un à un ceux qui défilaient devant moi. En les hypnotisant. « Aujourd'hui le Führer est resté sept heures le bras figé en l'air. Comment peut-il le supporter ? Ce n'est pas humain » disaient-ils. J'ai voulu maintenir l'unité de mon peuple : l'unité de sang et l'unité de volonté. Pourtant ma volonté était l'unique volonté du peuple allemand de sorte que j'ai fait disparaître les lois, de sorte que j'ai épargné mon peuple de bureaucrates inutiles. Et ils étaient contents. La loi était ma parole. Et là a été mon erreur ! Chaque chose que je disais devenait un ordre puis un fait irrévocable. Tu te souviens Eva de ce voyage à Munich au cours duquel j'ai trébuché sur un tas de pavés ? Tu t'en souviens ?

(Eva nie.)

C'était face à l'église Saint-Mathieu. J'ai trébuché sur un tas de pavés hideux. Alors j'ai commenté : « la prochaine fois que je viendrai à Munich, je ne veux pas voir ce tas de pavés ! » Et eux ont cru que je désignais l'église, de sorte que le lendemain ils ordonnèrent sa destruction sur-le-champ. Tu ne t'en souviens pas, Eva ? Ah ! Perspicace ce peuple allemand qui me muselait ! Je ne pouvais rien dire car tout ce que je disais s'accomplissait ! Tout ! J'appréhendais de parler. Ils m'ont muselé. Ils ont muselé ma volonté et maintenant j'ai perdu la guerre ! *(Hitler respire avec agitation.)* Lundi dernier par exemple. J'ai demandé à cet idiot de Willy quelque chose à manger, quelque chose de simple « comme une omelette » lui dis-je. Mais tu sais ce qui s'est passé ? Il m'a dit qu'il n'y avait pas d'œufs dans la Chancellerie. Lorsque je lui demandé les causes de la carence en œufs, il m'a répondu que le bruit d'artillerie lourde excitait les poules. Les poules, apparemment avaient cessé de pondre. Alors, sur le ton de la plaisanterie, j'ajoutais : « Ce ne sont pas de bonnes Allemandes, on devrait toutes les fusiller. »

EVA. – Comment ?

HITLER. – Oui, j'ai dit ça. On devrait toutes les fusiller.

EVA. – Ils ont aussi fusillé les poules ? Ils les ont fusillées ?

HITLER. – Toutes. Pas seulement à Berlin. Il ne reste pas une seule poule dans toute l'Allemagne. Mon ordre s'est répandu comme une traînée de poudre et toutes les poules allemandes ont été fusillées aussitôt.

EVA. – Et pourquoi tu as donné cet ordre ?

HITLER. – Qu'est-ce que tu dis Eva ?

EVA. – Pourquoi tu as donné cet ordre ?

HITLER. – Ce n'était pas un ordre ! C'est ça le problème ! Ce n'était pas un ordre !

(Hitler respire avec agitation.)

Et les poules furent massacrées au point qu'il était impossible de tirer profit d'un quelconque morceau.

EVA. – Maintenant je comprends, maintenant je comprends.

HITLER. – Qu'est- ce que tu comprends ?

EVA. – Il y a quatre jours j'ai demandé un poulet au four et Willy m'a regardée avec une de ces têtes ! Une tête bizarre !

HITLER. – Maintenant je comprends.

EVA. – Qu'est-ce que tu comprends ?

HITLER. – Il y a trois jours, Willy est venu me suggérer que toi aussi tu m'avais trahi.

Longue pause.

EVA. – Et qu'as-tu fait ?

HITLER. – J'ai ordonné qu'on le fusille.

(Eva est prise d'un spasme puis rit avec hystérie.)

Qu'est-ce qui t'arrive ?

EVA. – Je crois que ça fait effet. Le cyanure. Je le sens dans ma tête. Comme une grande ivresse.

HITLER. – Moi je meurs avec toi.

EVA. – Redis-le-moi.

HITLER. – Moi je meurs avec...

EVA. – Non. Non, ce n'est pas ce que je veux entendre.

Hitler. – Alors quoi ?

(Eva joint les mains et commence à prier.)

Moi je meurs avec toi. Tu devrais mourir avec la joie au cœur !

Eva. – Prie avec moi.

Hitler. – Je ne crois pas que Dieu veuille m'écouter. Il a inventé la prière pour vous, car il sait bien que vous êtes incapables de rester silencieuses.

(Eva est prise d'un nouveau spasme plus fort et d'une crise de rire.
Hitler saisit un de ses pistolets, le pointe vers le chien et tire. Le chien aboie et commence à agoniser.
Eva agonise également. Mais elle prie.)

Si tu n'étais pas en train de mourir, je te fusillerais. Pour cette raison et parce que je suis las de donner des ordres.

(Hitler reprend un pistolet et tire sans contrôle sur les murs.
Ensuite, il saisit violemment une plume et écrit.)

(Hitler, tout en écrivant.) « Personne en Allemagne n'a souhaité la guerre en 39... moi non plus. Ce serait faux de l'affirmer. J'ai proposé bien trop souvent le contrôle des armements pour que la postérité puisse l'ignorer... Les siècles défileront mais des ruines de nos monuments naîtra une haine indestructible et éternelle contre les responsables de ces destructions... Après six ans de guerre..., je ne peux pas abandonner la capitale de notre nation. Je dois partager le sort des millions d'êtres qui ont accepté de rester ici. D'ailleurs,

je ne veux pas tomber dans les mains de l'ennemi qui désire offrir un nouveau spectacle... dans le seul but de divertir ces masses hystériques... En conséquence, j'ai décidé... »

EVA, *très faiblement*. – À qui parles-tu ?

HITLER. – « ... j'ai décidé de rester à Berlin et de choisir volontairement ma mort... »

EVA. – À qui... ?

HITLER. – « ... et de choisir volontairement ma mort, puisque je considère que la position du Führer et celle de la Chancellerie ne peuvent être maintenues plus longtemps. Je meurs avec la joie au cœur, car un jour rejaillira et grandira la semence qui fera renaître le glorieux national-socialisme dans une nation véritablement unie... Je sais qu'un jour... »

(Eva dit quelque chose, mais désormais inintelligiblement.)

« ... qu'un jour je renaîtrai. » *(En se retournant vers Eva, maintenant inerte.)* Je parle avec l'Histoire, alors ne m'interromps pas ou je donnerai l'ordre...

(La mâchoire d'Eva se contracte et un bruit de liquide s'échappe de son corps.
Hitler prend un pistolet et tire sur elle de façon répétée.
Ensuite, plus calme, il continue d'écrire, délirant.)

« Avant ma mort, j'expulse du Parti l'ex-maréchal du Reich Hermann Goering et lui retire tous les droits que lui conférait le décret du 20 juin 1941. À sa place, je nomme le grand amiral Doenitz, président du Reich et chef suprême des forces armées. Avant ma mort, j'expulse du Parti et destitue de toutes ses fonctions le Reichsführer des SS et ministre de l'intérieur Heinrich Himmler. Et pour finir, après tout, qu'ils soient fusillés de toute façon : Himmler, Goering... et... »

(Hitler prend un pistolet et le pointe sur lui.
Sa main tremble et le coup menace de ne pas atteindre son but.)

Eva ? Tu sais pourquoi on a perdu la guerre ? Le sais-tu ? Je te dirai pourquoi on l'a perdue : tout le monde a lutté dans le mauvais camp ! Même moi ! On a fait la guerre à ceux qui n'étaient pas nos ennemis ! J'aurais dû lutter contre le peuple allemand !

Hitler, ému par ce dernier éclair de lucidité, écarte le pistolet de sa tempe. Il continue de respirer avec agitation, balbutie, et introduit le canon du pistolet dans sa bouche.
Obscurité.
Pas de bruit de tir.

ACTE II

Une réunion informelle (18 juillet 1945)

Scène unique

Se détachent Staline et Churchill. Deux personnages de plus : ce sont les interprètes russe et britannique, respectivement Pavlov et Birse. On devine des ombres de soldats soviétiques montant la garde. Sur la table, les restes d'un dîner copieux et une carte de l'Europe centrale dépliée, autour de laquelle on a discuté.

Staline porte un uniforme resplendissant couleur moutarde, aux épaulettes doublées d'un tissu épais, sur celles-ci de nombreux galons dorés, couverts d'étoiles blanches. Sur le pantalon impeccablement repassé, une longue et large bande rouge, le tout finissant par une casquette entourée de galons dorés qui maintenant repose sur la table. L'uniforme a sans doute été conçu pour l'occasion. N'y manquent parmi toutes les médailles, ni celle de l'ordre de la Victoire, ni celle du héros de l'Union soviétique, ainsi que toutes les ferrailles et décorations typiques des uniformes des officiers de l'Armée rouge. Churchill, pour sa part, apparaît dans un uniforme de commandant des forces aériennes britanniques, avec des insignes et des médailles clinquantes, incluant bien évidemment les ailes de pilote qualifié.

C'est comme si chaque homme prétendait s'impressionner mutuellement. L'effet est lugubre.

Pavlov porte un uniforme du corps diplomatique soviétique et Birse un uniforme militaire. Mais à côté de leurs chefs, ils passent quasi inaperçus. Quand Churchill parle, l'interprète soviétique murmure tout bas dans l'oreille de Staline ; et inversement : quand Staline parle, c'est Birse qui chuchote dans l'oreille de Churchill.

Staline montre une rigidité permanente dans un coude, le gauche, suite à un accident dont il a été victime à l'âge de dix ans. C'est pourquoi ce bras est sensiblement plus court que le droit et parfois, après une secousse, son bras peut s'effondrer comme si l'épaule à son articulation, se déboîtait subitement. Alors son bras se met à pendre comme s'il ne lui appartenait pas – bras d'une marionnette qui nonobstant, regagne graduellement sa position. Actuellement, il a cinquante et un ans et une grave artériosclérose a commencé à montrer ses griffes. Un infarctus du myocarde, bien que léger, le guette, juste à la pointe du cœur ; quand, dans quelques jours ceci se produira, ce sera le troisième infarctus au cours des cinq derniers mois. Marqué profondément par la vérole dès son jeune âge, on peut voir sur son visage flétri, des plaques rouges qui le jalonnent dues à la déficience de circulation sanguine. En peu de mots, il est à la merci d'une embolie.

Sir Winston Churchill a, à l'heure qu'il est, soixante et onze ans. Gros, mais un peu affaibli en dépit de son teint rosé d'enfant éternel. De légères difficultés respiratoires le gênent comme si un rouet se mettait

à serrer sa poitrine dans les moments de tension extrême. Les artères rétiniennes sont durcies et lui confèrent un regard transparent mais vitreux. Le pire de ses maux, cependant, reste l'épuisement physique après les dures années de guerre. Ses soudaines pertes de mémoire l'inquiètent. En vérité, un caillot paresseux se cache dans son organisme, et à tout moment, ce caillot risque d'être entraîné par un torrent de sang et d'obstruer brusquement un vaisseau en produisant une attaque cérébrale.
Churchill allume un cigare, sur la bague duquel est inscrit son nom, Staline sa pipe. On peut remarquer que tous deux ont bu et mangé abondamment.

STALINE. – Pour moi, venir jusqu'à Berlin a été un grand sacrifice.

CHURCHILL. – Vous voulez dire, je suppose ce qui reste de Berlin. Ces ruines.

STALINE. – Le voyage depuis Moscou a été long et froid.

CHURCHILL. – Vous ne disposiez pas de couvertures dans l'avion ?

STALINE. – Mes médecins n'aiment pas que je voyage en avion. Je me déplace en train.

CHURCHILL. – Je le regrette.

STALINE. – La vérité, c'est que je me sens bien uniquement à Moscou. J'ai même dû supprimer les visites au front. Elles me nuisent affreusement. Il y a beaucoup de poussière au front, vous savez monsieur Churchill ? *(Churchill acquiesce.)* Naturellement, je désire moi aussi un entretien à trois : vous, le président Truman et moi- même. De ce fait, j'accorde à cette réunion la plus haute importance. Il n'y a rien qui me préoccupe au monde excepté une chose.

CHURCHILL. – Laquelle ?

Staline montre son cœur de la main de manière significative. À ce moment-là, Churchill est pris d'une quinte de toux.

STALINE. – Vous vous sentez bien ?

Churchill continue de tousser.

CHURCHILL. – Oui, je vais bien. *(Cependant, il continue de tousser.)* Ça me passera vite. Je suis enrhumé et j'ai la gorge irritée.

STALINE. – Je vous conseille un bain de vapeur avec de l'eucalyptus et du genévrier... Un remède de Géorgie.

CHURCHILL. – je prendrai cela en considération.

Mais il continue de tousser sans pouvoir se contenir.

STALINE. – Levez le bras.

CHURCHILL, *entre deux quintes de toux.* – Quoi ?

STALINE. – Le bras, le bras gauche, levez-le.

Churchill lève le bras gauche.
Staline sourit sournoisement pendant que l'accès de toux de M. Churchill cesse peu à peu.

CHURCHILL. – Eh, bien, c'est efficace.

Staline acquiesce.

STALINE. – je suis content que nous soyons assis à cette table de manière informelle, mais je soulignerai mon désir que rien, absolument rien concernant cette réunion ne soit publié. Rien de ce qui a été dit ne doit transpirer de ces lieux.

CHURCHILL. – Pour ma part, je suis d'accord.

STALINE. – Ce que je veux dire, c'est que cette réunion n'a pas eu lieu.

CHURCHILL. – Aux yeux de M. Truman ?

STALINE. – Non, aux yeux de l'Histoire. Nous sommes en dehors de l'Histoire. J'exprime bien mon point de vue, M. Churchill ?

CHURCHILL, *en regardant la carte.* – On pourrait trouver un peu cynique cette manière de trancher cette affaire si importante pour des milliards de personnes et de façon aussi simple. Brûlons ce papier.

(Staline l'allume et la carte de l'Europe prend feu.)

Même si l'on peut maintenant dire que nous vous sommes de grands amis, il serait vain de se leurrer en croyant que nous sommes d'accord en tout.

STALINE. – Je suis d'accord.

(Churchill le regarde sans comprendre.)

Je veux dire que je suis d'accord que nous ne sommes pas d'accord sur tout.

CHURCHILL. – À mon avis, nous avons besoin de temps et de patience pour nous mettre d'accord sur tout.

STALINE. – Si un jour j'arrivais à être d'accord avec vous sur tout, cela me préoccuperait profondément.

CHURCHILL. – Ces paroles, venant de vous, ne sont pas très diplomatiques.

STALINE. – Je suis d'accord.

CHURCHILL. – Comment dites-vous ?

STALINE. – Mais au moins nous sommes arrivés au même point d'entente que celui de deux personnes qui sont dans l'impossibilité d'être en accord.

CHURCHILL. – Je suis d'accord.

STALINE. – En revanche, rien n'est définitif. Le monde tourne.

CHURCHILL. – Il y a une chose qui elle, est définitive.

STALINE. – Quoi ?

(Churchill montre malicieusement du doigt le cœur de Staline.)

Bien sûr, ça oui. Puis-je vous poser une question personnelle ?

CHURCHILL. – En principe, je n'y vois aucun inconvénient.

STALINE. – Croyez- vous qu'il y ait une vie après la mort ?

CHURCHILL. – Je n'ai aucun doute à ce propos. Il n'y a rien. Peut-être quelques brumes froides et veloutées. Pourquoi cette question ?

STALINE. – Il est toujours bon de connaître des points de vue différents du sien.

CHURCHILL. – Quel est votre point de vue ?

STALINE. – « Tout est tellement froid là-dedans, si vide et inexprimable. »

CHURCHILL. – Maréchal Staline, s'il vous plaît. Je vous demande dans un jour pareil de ne pas vous laisser abattre par la mélancolie. Écartons-nous de ce maudit sujet le plus vite possible. Comment va votre épouse ?

STALINE. – Mon épouse ?

CHURCHILL. – Madame Staline.

STALINE. – Elle s'est suicidée la semaine dernière.

Churchill tousse.

Ensuite il lève le bras gauche et la toux cesse.

CHURCHILL. – Eh bien oui, ça fonctionne. C'est également un remède de Géorgie ?

STALINE. – Y a-t-il autre chose dont vous vouliez parler ? Je me sens très fatigué.

CHURCHILL. – En réalité oui. Il reste encore un thème dont je voudrais parler.

STALINE. – Quoi donc ? Je suis fatigué. Le voyage jusqu'à Berlin a été long et froid.

CHURCHILL. – Hitler.

STALINE. – Hitler ?

CHURCHILL. – Hitler.

STALINE. – Hitler est mort. De quoi voulez-vous parler ? Je n'y vois rien de problématique.

CHURCHILL. – Oui, mais... Où sont les sous-marins ?

STALINE. – De quels sous-marins parlez-vous ?

CHURCHILL. – L'Allemagne disposait, d'après mes sources, d'au moins trois sous-marins de grande taille. Où sont ces sous-marins ? Nous n'avons pu les trouver nulle part et je constate que vous non plus. Je me trompe ? Où sont les sous-marins ? Où est Bormann ? Et Hitler ? Vous pouvez me répondre.

Staline boit.

STALINE. – Mort.

CHURCHILL. – Je vais vous le dire autrement maréchal Staline : pouvons-nous être sûrs, complètement sûrs, sans un soupçon de doute, qu'Hitler est mort ?

STALINE. – Je suppose que oui.

CHURCHILL. – Où est son cadavre ?

STALINE. – Il est à nous. Le peuple russe ne lui pardonnera jamais ce qu'il a fait.

CHURCHILL. – Ce n'est pas la question que je vous ai posée, maréchal Staline.

STALINE. – Eh, bien, quelle est-elle ?

CHURCHILL. – Où est le cadavre d'Hitler ?

STALINE. – Dans un lieu sûr.

CHURCHILL. – Des informations diverses me sont parvenues au sujet de sa mort et aussi diverses informations sur l'emplacement de son cadavre. Certaines d'entre elles se contredisent. Je veux être sûr.

STALINE. – Que savez-vous à ce sujet ?

CHURCHILL. – Uniquement des rumeurs. Mais, rien que nous n'ayons pu, mes agents ou moi, confirmer. Une des versions raconte qu'Hitler s'est suicidé au côté de sa maîtresse, la prénommée Eva Braun.

STALINE. – Elle et les chiens.

CHURCHILL. – Quels chiens ?

STALINE. – Deux bergers allemands.

CHURCHILL. – Et ensuite sa garde personnelle a brûlé les cadavres avec de l'essence.

STALINE. – Ça c'est exact, excepté que ce n'était pas avec de l'essence.

CHURCHILL. – Ah bon ?

STALINE. – Du gas-oil. Quatre-vingt-dix litres de gas-oil. Insuffisant pour faire disparaître les corps. Mais, heureusement, ils n'ont pu s'en procurer davantage.

CHURCHILL. – Selon une autre version, son cadavre, intact, a été retrouvé à la Chancellerie avec une balle dans la tempe.

STALINE. – Ça aussi c'est exact.

CHURCHILL. – Comment deux informations contradictoires peuvent-elles être exactes ?

STALINE. – Écoutez plutôt : un de nos soldats, le capitaine Polevoï, a trouvé le cadavre d'Hitler sur la place de la Chancellerie. Mais ce cadavre s'est avéré ne pas être le vrai cadavre d'Hitler.

CHURCHILL. – Je ne comprends rien. Essayez-vous de me dire qu'Hitler avait deux cadavres ?

STALINE. – Non, non. Laissez-moi vous expliquer. Vous devez déjà savoir qu'Hitler comptait sur plusieurs sosies. Parfois l'un d'eux visitait le front en même temps qu'un autre, à cinq cents kilomètres de distance, inaugurait un aérodrome pendant que le vrai Hitler prononçait un discours dans une usine. Donc, le premier cadavre que l'on a trouvé était celui d'un de ses sosies. On a commencé à soupçonner que celui-ci n'était pas Hitler quand on a découvert un deuxième cadavre qui lui aussi ressemblait à Hitler. Tous d'une ressemblance physique extraordinaire, et tous, apparemment, s'étaient suicidés. Maintenant, il fallait trouver lequel d'entre eux était Hitler. Mais aucun n'était Hitler. Me comprenez-vous ?

CHURCHILL. – Continuez. Cette histoire est passionnante.

STALINE. – Le dentiste d'Hitler, un certain Blaschke, a fini par nous confirmer ce que nous soupçonnions déjà. Aucun de ces cadavres n'était celui d'Hitler.

CHURCHILL. – Pourquoi a-t-il fait une chose pareille ? Hitler, pourquoi ?

STALINE. – Ah, ça, je ne sais pas. Moi aussi je me suis posé cette question. Il paraît acceptable que lui-même ait ordonné l'assassinat d'un de ses sosies et qu'il l'ait placé dans un endroit stratégique de la Chancellerie. De cette façon, lui-même aurait eu le temps suffisant pour se cacher et ensuite fuir Berlin. Je ne sais pas, disons, vers les Alpes. Mais cinq ? Cinq cadavres d'Hitler sur moins de trois kilomètres carrés ? Quel sens y a-t-il à tout cela ?

CHURCHILL. – Oui, quel sens ?

STALINE. – Ça n'a aucun sens.

CHURCHILL. – Maréchal Staline, où est le cadavre d'Hitler ?

STALINE. – Ah, c'est vrai, je n'ai pas fini de vous raconter toute l'histoire.

CHURCHILL. – Ce n'est pas tout ?

STALINE. – Polevoï fut le premier également à découvrir l'entrée du refuge souterrain d'Hitler. Là, il trouva le cadavre de Goebbels lui-même, qui a fini par se suicider. Mais on n'a trouvé aucune trace d'Hitler et d'Eva Braun. Finalement, après une recherche exhaustive, nous avons trouvé trois corps à moitié brûlés. Nous avons pensé qu'il s'agissait d'Hitler et d'Eva Braun.

CHURCHILL. – Mais vous avez dit trois corps ?

STALINE. – Oui. Hitler, Eva Braun et un chien.

CHURCHILL. – Un chien seulement ? N'y en avait-il pas deux ?

STALINE. – L'autre a disparu mystérieusement.

Longue pause.

CHURCHILL. – Ainsi nous pouvons être sûrs que ces corps brûlés sont les seuls restes d'Hitler, d'Eva Braun et d'un de leurs chiens. Nous pouvons en être sûrs, maréchal Staline ?

Staline hoche la tête de manière ambiguë.

STALINE. – Oui.

Churchill se lève, brandit son verre.
À ce signe le commandant Birse l'imite.

CHURCHILL, *prêt à porter un toast.* – Je n'exagère pas si je dis que je considère la vie du maréchal Staline comme précieuse pour le cœur des Anglais. Je sens mon courage et mon espoir grandir en me liant d'amitié avec un si grand homme, dont la réputation ne se limite pas seulement à l'intérieur de la Russie mais s'étend dans le monde entier.

Churchill boit et s'assoit.
Birse l'imite en tout.
Staline, à son tour, se lève et brandit son verre.
À ce signe, Pavlov le seconde.

STALINE, *prêt à porter un toast.* – Vous êtes un de ces hommes qui naissent tous les cent ans, camarade Churchill, si vous permettez que je vous appelle ainsi. Car vous êtes le plus admiré et le plus courageux de tous les Premiers ministres du monde. Et pour cela, je vous souhaite longue vie.

Staline boit et s'assoit.
Pavlov aussi.
Mais Churchill remplit son verre encore une fois, il se relève et brandit son verre de nouveau. Birse l'accompagne.

CHURCHILL. – À la santé des masses prolétariennes.

Il boit et s'assoit. Birse aussi boit et s'assoit. Mais Staline et Pavlov sont déjà debout, le verre levé.

STALINE. – À la santé du Parti conservateur.

Ils boivent et s'assoient.
Mais Churchill presque immédiatement s'est relevé, sans que Staline puisse réprimer une certaine contrariété.

CHURCHILL. – Grand maréchal Staline, je me suis permis de vous apporter, sur ordre du roi, un cadeau.

STALINE, *intéressé.* – De quoi s'agit-il ?

CHURCHILL. – Birse...

Birse pose sur la table un paquet. Staline le regarde avec méfiance.

STALINE, *en plaisantant.* – À quand l'explosion ?

CHURCHILL. – Quand je sortirai d'ici.

(Il rit.)

Au fait, je vais aux toilettes.

Churchill sort. Il fait un signe à Birse pour qu'il l'accompagne. Restent Staline et Pavlov complètement figés, regardant le cadeau, sans même oser le toucher.

STALINE. – Je me demande quel besoin a Churchill d'avoir un interprète russe pour aller aux toilettes.

PAVLOV. – J'ai entendu dire que c'était le lieu où les Anglais avaient l'habitude de discuter politique.

Pause.

STALINE. – Tu crois que ce paquet...

PAVLOV. – Non, je ne crois pas, enfin... Je ne sais pas.

STALINE. – Je me méfie de ce Churchill. C'est un pauvre malheureux, mais je me méfie. S'il en avait la permission, il serait tout à fait capable de nous soutirer jusqu'au dernier kopeck. Mais serait-il également capable de poser une bom... ? Écoute, tu as remarqué son uniforme ? *(Pavlov acquiesce.)* Qu'en penses-tu ?

PAVLOV. – Bah.

STALINE. – De toute façon, je me réjouis de ne pas l'avoir tué en 1919. Je suis en train de m'éclater. D'ailleurs je crois que nous pouvons nous sentir fiers du bon déroulement des négociations.

PAVLOV. – Oui.

Pause.

STALINE. – Ouvre le paquet.

(Pavlov hésite.)

Ouvre...

(Pavlov finit son verre d'un trait et ouvre le paquet.)

Mais pas ici. Ouvre-le loin de moi.

PAVLOV. – Où çà ?

STALINE. – Le plus loin possible sera le mieux.

(Pavlov s'écarte de Staline et s'apprête à ouvrir le paquet.)

Non. Plus loin !

(Pavlov s'éloigne encore plus et regarde Staline pour s'assurer que la distance qui les sépare lui convient. Cependant, Staline fait signe de la tête et Pavlov doit s'éloigner davantage.)

Bon, tu peux l'ouvrir. *(Pause.)*
C'est quoi ?

PAVLOV, *depuis la coulisse.* – Des cigares.

STALINE. – Allumes-en un. *(Pause.)*
A-t-il bon goût ?

PAVLOV. – Moi, je le trouve excellent.

STALINE. – Bon, tu peux revenir.

Entrent Churchill et Birse. Ils regardent Pavlov qui revient à ce moment-là avec le cigare allumé. Ensuite, les trois s'assoient.

CHURCHILL. – On leur a fait l'autopsie ?

STALINE. – Pardon ?

CHURCHILL. – Les cadavres qu'on a trouvés. Les cadavres d'Hitler, d'Eva et du chien, on leur a fait l'autopsie.

STALINE. – Oui, excepté au chien.

CHURCHILL. – La couronne britannique ne s'intéresse pas à ce chien. Uniquement à Hitler. Eh bien, quelles ont été les conclusions ?

STALINE. – La première est qu'il est mort.

CHURCHILL. – Comment ?

STALINE. – Oui, il est mort.

CHURCHILL. – Vraiment ?

STALINE. – Vous semblez ne pas croire qu'Hitler est mort.

CHURCHILL. – Non ce n'est pas cela. C'est seulement que je préférerais en être absolument sûr. Vous pourriez me confier les résultats de l'autopsie ?

STALINE. – Qu'est-ce qui vous intéresse exactement ?

CHURCHILL. – Il n'y a rien dans cette affaire qui ne soit pas de mon intérêt.

STALINE. – Bon. Peut-être que le fait le plus frappant est qu'Hitler est mort en quelques mois. Il était très malade.

CHURCHILL. – Mais quel type de maladie ?

STALINE. – Les maux d'Hitler étaient innombrables.

CHURCHILL. – Pourriez- vous me procurer un compte rendu du médecin légiste ?

STALINE. – Je vais y réfléchir.

CHURCHILL. – Réfléchir à quoi ?

STALINE. – Son cadavre nous appartient.

CHURCHILL. – Je ne parle pas du cadavre. Le cadavre, vous pouvez le garder. Je parle des résultats de l'autopsie.

STALINE. – Ce dossier est pratiquement tout ce qui nous reste d'Hitler.

CHURCHILL. – Justement, ne pourriez-vous pas m'en fournir un double ?

STALINE. – Vous avez l'air obsédé par le cadavre de ce freluquet.

CHURCHILL. – Je dirais plutôt que c'est vous qui souffrez de cette obsession.

STALINE, *se levant*. – Je suis fatigué. Le voyage jusqu'à Berlin a été long et froid.

CHURCHILL. – Quoi qu'il en soit, la couronne britannique souhaiterait posséder une copie de ce dossier. Il n'y a là aucune obsession personnelle. Réalisez le nombre de morts... Savez-vous combien de Britanniques sont morts pendant cette guerre, maréchal Staline ? Tant que nous nous voyons obligés d'en cacher le chiffre.

STALINE. – J'ai le même problème.

CHURCHILL. – Mon peuple souhaiterait ne pas avoir de doute au sujet de...

STALINE. – S'il vous plaît monsieur Churchill. Laissons là ce thème. Pour ma part, je ne vois aucun problème. D'ailleurs, je ne vois aucun inconvénient à vous remettre par le courrier diplomatique une phalange de M. Hitler.

CHURCHILL. – Une phalange ?

STALINE. – Si cela ne vous paraît pas suffisant, on peut envisager de vous remettre aussi un fémur. Cependant je vous avertis : l'un comme l'autre sont très brûlés.

CHURCHILL. – Et que voudriez-vous que j'en fasse ?

STALINE. – Ça, ce n'est pas mon problème. Mais je peux vous suggérer de le conserver dans une vitrine du musée britannique.

CHURCHILL. – Sans un certificat d'authenticité ? La presse nous tomberait dessus.

STALINE, *à Pavlov*. – Allons-nous-en.

CHURCHILL, *lui parlant avec autorité*. – Je n'ai aucun sentiment d'hostilité envers vous et votre peuple en vous disant qu'après tant de sacrifices je ne vais pas me contenter d'un simple et anonyme fémur.

STALINE. – Et la phalange ?

CHURCHILL. – Bagatelles.

STALINE. – Eh bien, vous devrez vous en contenter. S'occuper du passé n'a plus beaucoup de sens. Ne devrions-nous pas plutôt nous tourner vers l'avenir ? Qu'importe le cadavre d'Hitler ? Allons-nous polémiquer au sujet d'un macchabée ? Non, monsieur Churchill. Il y a des points plus importants qui requièrent toute notre attention. Par exemple, je crois que l'état-major allemand doit être totalement liquidé.

CHURCHILL. – En principe je suis d'accord.

STALINE. – Toute la force des armées d'Hitler dépend maintenant d'environ cinquante mille officiers et techniciens. Ma proposition est de les prendre par la peau du cou et de les serrer de toutes nos forces. Non pas un par un naturellement.

CHURCHILL. – Le public et le parlement britannique n'applaudiront jamais une exécution en masse d'un tel calibre. Cinquante mille âmes.

STALINE. – Mon public, oui.

CHURCHILL. – Peut-être parce que vous n'avez pas de public.

STALINE. – Nous sommes des millions de Soviétiques.

CHURCHILL. – Non, il y a des millions de Soviétiques, et vous. Vous n'avez qu'à donner des ordres. Moi, en revanche, je dois convaincre et persuader.

STALINE. – Ce doit être un cauchemar de gouverner un pays avec autant de gens qui se donnent le droit de penser.

(Churchill le regarde surpris.)

De toute façon, il faudra procéder à cinquante mille exécutions.

(Churchill hoche la tête en signe de désaccord.)

Nous pourrions peut-être arriver à un accord. Je crois que vingt-cinq à trente mille exécutions suffiront. Je ne vois pas d'inconvénients d'ailleurs à ce que vous-même décidiez de la manière de les exécuter. Cependant avec tout le respect que j'ai pour vos traditions, je pense que la corde anglaise est le pire des moyens. Exécutions ou acide chlorhydrique, voilà ce que je vous suggère.

CHURCHILL. – Personne ne sera exécuté sans avoir été jugé équitablement.

STALINE. – Vous, les démocrates, avez une passion démesurée pour les formalités. Ces hommes sont des criminels de guerre, nous pouvons les fusiller. Par la suite, si vous voulez, nous pourrons les juger. Même si cela me paraît superflu d'essayer de démontrer ce que tout le monde sait. N'importe qui peut le voir : avez-vous visité Auschwitz ? Moi, monsieur le Premier ministre, je peux tomber malade n'importe quand. Je ne peux pas tolérer que mes yeux ne voient pas l'anéantissement d'Hitler.

CHURCHILL. – Vous venez de me dire qu'Hitler est mort.

STALINE. – Ces cinquante mille hommes sont le prolongement d'Hitler. Si je veux les fusiller, ce n'est pas par caprice, vous comprenez.

CHURCHILL. – La couronne britannique n'approuvera jamais... Pour vous parler franchement, je ne suis pas partisan des assassinats en masse.

STALINE. – Eh bien moi, j'ai obtenu de très bons résultats. Et maintenant si vous voulez bien m'excuser. J'aimerais me retirer monsieur Churchill. Demain une assez dure journée nous attend.

CHURCHILL. – Je suis vraiment désolé d'insister encore sur ce thème mais pourrais-je avoir un double du dossier ?

STALINE. – Non, bonne nuit.

CHURCHILL. – Assurez-moi au moins que ces cadavres...

STALINE. – Je vous le répète : je n'ai rien de particulier à ajouter.

CHURCHILL. – Ceci est important, important à titre personnel maréchal Staline. Il est possible que le monde se contente d'avoir vaincu le diable, mais pas nous. Nous, si nous ne montrons pas une entière assurance à ce sujet, maréchal, nous risquons de poursuivre son spectre jusqu'à la fin de l'Histoire. *(Staline fait mine de quitter la table sans mot dire.)* Un moment, ne partez pas encore. Dites-moi, et je regrette vraiment de retarder votre départ, maréchal Staline, mais cette nuit je n'irai pas me coucher totalement tranquille si je ne formule pas ma question le plus clairement possible : vous croyez que ces cadavres sont véritablement ceux d'Hitler, Eva Braun et son chien ?

STALINE. – Peu importe ce que je crois. Seul importe ce que disent les résultats de l'autopsie et ce que les gens finissent par croire. Et il s'avère que dans ces dossiers, monsieur Churchill, il y a certains faits, qui sont à mon goût. Sur son cadavre, nous n'avons pas pu trouver le testicule gauche ni dans la bourse, ni dans le cordon spermatique, ni dans le pelvis. Une couille d'Hitler s'est perdue parce qu'il ne l'a jamais eue, vous comprenez ? Autre chose qui ne me déplaît pas : Eva Braun n'était pas blonde.

CHURCHILL. – Et alors ? Quelle importance ?

STALINE. – Un peu d'eau oxygénée, voilà tout.

CHURCHILL. – Oui mais quelle... ?

STALINE. – Quelle importance y a-t-il à cela ? J'aurais préféré découvrir que celle-là était une Noire qui s'était blanchie la peau mais pour le moment nous devons nous contenter d'une fausse blonde. Bon, *(il rit)* et ce n'est pas tout : d'après l'autopsie, elle avait un buste très réduit ! Oui, comme vous l'entendez ! Sur les photos, elle ressemblait à une Walkyrie, n'est-ce pas ? Eh bien, c'était du rembourrage *(il rit)*, du rembourrage !

CHURCHILL, *riant avec le maréchal.* – Je considère ces faits d'un extraordinaire intérêt. Pourrais-je obtenir une copie de...

STALINE, *reprenant son sérieux.* – Non. Vous ne pourriez pas. Combien de fois faut-il que je vous le dise ? Je ne suis qu'un simple serviteur du destin de l'Humanité, mais vu que nous nous sommes informellement réunis comme de simples et bons amis, et que nous nous sommes engagés à ce que rien de ce qui a été dit ici n'en sorte, je ne vous cacherai pas que je ne suis pas sûr que les corps brûlés soient ceux d'Hitler, d'Eva Braun et de son chien. Non, je n'en suis pas sûr. Ce Hitler, vous savez ? Il était vraiment stupide. Mais en même temps il avait une intelligence diabolique. Il s'est joué de nous durant de nombreuses années. Croyez-vous qu'à sa dernière heure il allait filer sans nous tendre un dernier piège ? Il aimait les énigmes, les hiéroglyphes. C'était un salaud. Et il est parti comme un salaud. Il ne lui a pas suffi de laisser derrière lui cinquante millions de morts mais en plus cinq cadavres qui pourraient être ou ne pas être le sien, vous saisissez ?

CHURCHILL. – Non, pas tout à fait.

STALINE. – Non ? Vraiment ? Moi, monsieur Churchill, j'aurais voulu le capturer vivant, Hitler.

CHURCHILL. – Moi aussi.

STALINE. – Mais, ça n'a pas été possible. Alors au moins j'aurais aimé avoir son cadavre sous les yeux, mais ça non plus ça n'a pas été possible. Il nous a échappé comme une anguille, non seulement lui, mais aussi son cadavre, cet énorme fils de pute.

CHURCHILL. – Si seulement il pouvait exister un enfer, quelque endroit horrible où il serait, à cette heure, en train de payer pour ses crimes.

STALINE. – Vous et moi savons qu'il n'y a rien, sauf une espèce d'obscurité, « des brumes froides et veloutées ». Ça sonne assez bien. Moi aussi je préférerais que l'enfer existât.

CHURCHILL, *affligé*. – Alors comme ça ces cadavres...

STALINE, *en l'interrompant*. – Oui, ces cadavres sont peut-être ceux d'Hitler et d'Eva Braun ou peut-être ne le sont-ils pas. Devant cela, que puis-je faire ? Quel choix me reste-t-il ? Je ferai en sorte que le monde croie que ce sont les cadavres d'Hitler et d'Eva Braun. Et pas seulement cela. Je ferai en sorte que le monde en doute tout en y croyant. Le doute est important, monsieur, monsieur Churchill. Le doute engendre l'insécurité et les gens ont besoin de cette insécurité pour avoir besoin de nous. Aucun État ne peut se maintenir s'il ne flotte pas dans l'air la menace du chaos. Nos gouvernements ont besoin d'ennemis. Une fois que nous aurons écrasé les Japonais, quels seront nos ennemis, à votre avis ?

CHURCHILL. – Il n'y aura pas d'ennemis et le monde respirera en paix.

STALINE. – C'est un point de vue très naïf si je puis me permettre. Si nous n'avons plus d'ennemis, nous serons superflus. Si nous restons sans ennemis, nous devrons les inventer. Voilà ce que je suis en train de faire, vous me suivez maintenant ? Il faut semer le doute, monsieur Churchill. Le doute est important.

CHURCHILL. – La pauvreté sera notre ennemie. La pauvreté et l'oppression.

STALINE. – En cela je suis parfaitement d'accord mais qui sera la cause de la pauvreté future ? *(Churchill le regarde sans vraiment comprendre.)* Nous devons chercher un coupable ou plusieurs, plusieurs coupables de réserve, car sinon nos gouvernements souffriront de ce manque de précision. Il faut trouver le diable avant que le diable ne nous trouve. La peur est la prestation inconditionnelle de l'État. La peur et la mort monsieur Churchill, et avec ce cadavre qui est là et qui n'y est pas, qui existe et qui n'existe pas, nous avons un grand capital de peur et de mort. Et il ne convient pas de le gâcher stupidement avec trop d'assurance. Moi, pour ma part, je pense en tirer toute la substance que je pourrai. Nous devons administrer la peur et non la dilapider. L'État que j'ai créé continuera de se maintenir et de grandir au moins sur un demi-siècle ou plus, sur le cadavre de ce grandiose fils de pute. Sur le cadavre du fascisme. Enfin, à moins que quelqu'un de très stupide me succède, ce qui ne m'étonnerait pas. Vous ne pouvez imaginer monsieur Churchill, le nombre d'abrutis que je dois supporter chaque jour dans mon propre gouvernement. J'espère m'être fait comprendre car il m'est impossible de m'exprimer avec plus de clarté *(déjà prêt à sortir)*. Bonne nuit.

Staline s'en va. Derrière lui sort Pavlov.
La boîte de cigares, cadeau du roi, est restée oubliée sur la table.
Churchill commence à tousser.

BIRSE. – Levez le bras gauche.

Churchill le fait, mais il continue de tousser.
Lente obscurité.

ACTE III

Hamlet vit au Kremlin
(28 février 1953)

La scène représente le spacieux salon de la dacha privée de Staline à Kuatsevo, près de Moscou. Ce salon fait office de salle à manger, bureau et chambre à coucher. Son style est sobre. On remarque un canapé qui pour la nuit se convertit en lit ; plusieurs téléphones ; une grande table couverte de papiers, de livres et de journaux, un énorme tourne-disque. Face à la cheminée, un tapis oriental ; une commode remplie de médicaments et un portrait de Lénine dont le visage exprime l'indifférence la plus absolue.

Scène première

La salle est vide. Cependant dans la cheminée un feu se consume. Il est approximativement dix heures du soir.
Une porte à double battants s'ouvre et entre Nikolaï Alexandrovitch Boulganine, ministre de la Défense depuis 1947, date à laquelle son prédécesseur fut exilé à Odessa par « excès de popularité ». Nikolaï Boulganine est un homme au visage rougeaud, portant un bouc. Un certain journaliste nord-américain

de cette époque le décrit comme « un de ces joueurs de cartes, que l'on voit dans les bateaux fluviaux, malchanceux, mais résigné ».
S'ouvre donc la porte et Boulganine entre dans le salon, mais en voyant celui-ci vide, il paraît surpris et reste immobile, presque craintif, scrutant autour de lui. Il ressort aussitôt.
Cependant, tout de suite après, Boulganine rentre à nouveau. Il donne l'impression qu'on l'a repoussé à l'intérieur. Il enlève son manteau, son bonnet et ses gants et les laisse sur une chaise. Il y a quelque chose de ridicule dans sa personne. Peut-être est-ce parce que c'est un homme illustre et insignifiant à la fois. Comment cela peut-il être ? Boulganine n'ignore pas que personne n'est absolument indispensable ni que quiconque, si important que soit le poste qu'il occupe, ne peut être balayé sans simagrées.
Peu après, la porte s'ouvre de nouveau et Boulganine sursaute. À son grand soulagement, ce n'est que son ami Nikita Sergueïevitch Khrouchtchev.
Nikita Khrouchtchev est un homme énergique, petit et musclé, saucissonné dans un costume coupé comme un sac de très mauvais goût. Il est en train de développer une psychose maniaco-dépressive et porte une chemise sous le bras. Comme nous le savons, dans quelques années il deviendra le nouveau maître du Kremlin. C'est un personnage capable de délires insoupçonnés, bien que face à Staline, il garde tout son bon sens, mais peut-être est-ce parce que seul un névrosé est capable de contrecarrer un autre névrosé. Pour nous faire une idée de Khrouchtchev – dont le nom signifie « bourdon » dans le dialecte ukrainien – nous pouvons rappeler sa rogne durant la réunion de l'ONU en 1960 : Khrouchtchev s'était déchaussé et avait frappé la table avec une énorme

chaussure jaune. Il porte sans doute le goût de la lutte dans le sang. Pour ce qui est du reste, il boit comme une éponge et il a un visage sympathique.

KHROUCHTCHEV. – Bonjour, camarade Nikolaï.

BOULGANINE, *les dents serrées.* – Bonjour.

KHROUCHTCHEV. – Où sont autres ?

BOULGANINE. – Quels autres ?

KHROUCHTCHEV. – Ah, je ne sais pas.

BOULGANINE. – Tu ne sais pas qui a été invité ce soir ?

KHROUCHTCHEV. – Que t'arrive-t-il ? Tu as l'air un peu nerveux, non ?

BOULGANINE. – Moi nerveux ? Absolument pas. Pourquoi serais-je nerveux ?

KHROUCHTCHEV. – À toi de voir. Dis, on se sert un verre ?

BOULGANINE. – Je préférerais attendre.

KHROUCHTCHEV. – Attendre quoi ?

BOULGANINE. – Où est-il ?

KHROUCHTCHEV. – Et tu dis que tu n'es pas nerveux ? Voyons ! Tu ne peux pas me tromper, Nikolaï. Est-il arrivé quelque chose ?

BOULGANINE. – Arrivé ? Je ne comprends pas. Que veux-tu qu'il arrive ? Tout va parfaitement bien.

KHROUCHTCHEV. – Où est Koba ?

BOULGANINE. – C'était justement ce que j'étais en train de te demander. Où est-il ? Joseph Vissarionovitch Staline, où est-il ? Il nous avait donné rendez-vous ici à dix heures, alors où...

KHROUCHTCHEV, *l'interrompant.* – Nikolaï, sois sincère avec moi : que diable se passe-t-il ici ? Toi et moi nous avons un pacte, n'est-ce pas ? Moi je te protège, toi et toi, tu me protèges, moi. Dis-moi ce que tu as à me dire quoi que ce soit.

BOULGANINE. – Viens, approche-toi.

KHROUCHTCHEV. – Quoi ?

BOULGANINE. – Approche-toi.

(Nikita Khrouchtchev le fait. Nikolaï Boulganine lui parle les dents serrées.)

Mais tu n'es pas au courant pour Krivitsky ?

KHROUCHTCHEV. – Mais qu'est-il arrivé à Krivitsky ? Il est malade ?

BOULGANINE. – Tu peux me faire le plaisir de parler plus bas !

KHROUCHTCHEV. – Quoi ?

BOULGANINE. – Parle plus bas ou je ne te raconterai rien !

Khrouchtchev acquiesce.

KHROUCHTCHEV, *impatient.* – Bon, dis-moi une fois pour toutes ce qui est arrivé à Krivitsky ?

BOULGANINE. – Au dîner de mercredi dernier, tu sais, il a convoqué certains d'entre nous. Lavrenti bien évidemment, Gueorgui, moi et quelques autres. Ce fut une réunion plus fréquentée que d'habitude.

KHROUCHTCHEV. – Et moi pourquoi ne m'a-t-il pas appelé ?

BOULGANINE. – Je ne sais pas.

KHROUCHTCHEV. – Merde !

BOULGANINE. – Je crois qu'il t'a simplement oublié.

KHROUCHTCHEV. – Il m'a oublié ? Et tu le dis tranquillement ?

BOULGANINE. – Du calme camarade Nikita. Ne t'inquiète pas. La meilleure chose qui puisse arriver à une être humain c'est d'être oublié par l'autre. Enfin, pas toujours. Regarde le pauvre Krivitsky.

KHROUCHTCHEV. – Qu'est-il arrivé au pauvre Krivitsky ?

BOULGANINE. – Parle plus bas, tu veux !

KHROUCHTCHEV. – D'accord.

BOULGANINE. – Je te raconte. À ce qu'il paraît, Poskrebitchev a donné à Staline le nom des convives du dîner du mercredi. Parmi eux se trouvait le pauvre Krivitsky et le camarade Staline a donné son consentement ; ou du moins il n'a pas vu d'objection à ce que Krivitsky assiste également au dîner. Même si sa présence à la dacha n'est pas habituelle comme tu le sais. Je sais de source sûre qu'ils parlaient au téléphone assez fréquemment, et ils plaisantaient même de temps en temps, tu vois. Tout laissait croire qu'ils entretenaient une bonne relation.

KHROUCHTCHEV. – Pourquoi dis-tu « entretenaient » ? Que s'est-il passé ?

BOULGANINE. – Mercredi soir, j'étais présent et j'ai tout vu. Le pauvre Krivitsky est arrivé et s'est dirigé vers lui avec le sourire pour lui serrer la main. C'est alors que Staline le regarde fixement et lui dit : « Je ne vous ai pas convoqué, vous. »

KHROUCHTCHEV. – Comment ça, il ne l'avait pas convoqué ?

BOULGANINE. – Bien sûr qu'il l'avait convoqué mais il avait oublié, tu comprends ?

KHROUCHTCHEV. – Vraiment ?

BOULGANINE. – Pourquoi t'étonnes-tu ? Il oublie les choses et après...

KHROUCHTCHEV. – Merde !

BOULGANINE. – Krivitsky est devenu livide et naturellement il a dû sortir. Mais à la sortie il a été arrêté et, et...

KHROUCHTCHEV. – On l'a fusillé, n'est-ce pas ?

BOULGANINE. – Le fusiller ? Pour quelle raison ? Non, même si j'ai vu comment on l'a arrêté, mais... non, non, ils ne l'ont pas fusillé.

KHROUCHTCHEV. – Alors ? Parle !

BOULGANINE. – Ce matin, sa femme m'a appelé au bureau. Il s'est suicidé.

KHROUCHTCHEV. – Comment ça, il s'est suicidé ? Et pourquoi ?

BOULGANINE. – Ça personne ne le sait. Anita était très étonnée. Mais il avait laissé un mot.

KHROUCHTCHEV. – Et que disait-il ?

BOULGANINE. – Très peu de chose.

KHROUCHTCHEV. – Oui mais quoi ?

Boulganine sort un papier de sa poche et le tend à Khrouchtchev.

BOULGANINE, *lisant*. – « Je suis une ordure. »

(Khrouchtchev rend rapidement le mot à Boulganine qui le range avec une rapidité incroyable.)

C'est un mot très étrange pour quelqu'un qui va se suicider.

KHROUCHTCHEV. – Ça te paraît étrange ?

BOULGANINE. – Pas à toi ? « Je suis une ordure. »

(Khrouchtchev acquiesce.)

Si désespéré que l'on soit – ce qui n'est pas le cas – qui laisserait un mot pareil ? J'ai beau essayé, je ne peux imaginer que Krivitsky ait écrit un mot pareil avant de, de se faire sauter la cervelle. Il écrit cela, il l'accroche avec une épingle à sa cravate et ensuite il se tire une balle.

KHROUCHTCHEV. – Ah non, ça ne me paraît pas normal. C'était un bon camarade.

BOULGANINE. – Et Anita dit qu'il est impossible que ce soit lui qui ait écrit ce mot. Ce n'est pas son écriture.

KHROUCHTCHEV. – Ce n'est pas son écriture ?

BOULGANINE. – Bon, je ne suis pas un expert. Mais Anita...

KHROUCHTCHEV. – Ça alors !

BOULGANINE. – Krivitsky était mon ami tu sais ! Et tout le monde sait qu'il était mon ami. Cet après-midi je suis allé au cinéma, je savais que Staline serait là-bas, tu vois. C'est pour cela que j'y suis allé, c'est pour cela que j'ai voulu... Mais lui... lui, ne m'a pas même regardé. Et ensuite cette invitation pour dîner. Tout cela est étrange.

KHROUCHTCHEV. – Je ne vois rien d'étrange.

BOULGANINE. – Ah non ?

KHROUCHTCHEV. – À quoi penses-tu ? Tu crois qu'ils en ont après toi ?

BOULGANINE. – Je ne sais quoi penser.

KHROUCHTCHEV. – Tu n'as rien fait Nikolaï.

BOULGANINE. – Et Krivitsky ? Est-ce que Krivitsky avait fait quelque chose ?

KHROUCHTCHEV. – Lui s'est suicidé !

BOULGANINE. – Tu le crois vraiment ? Et pourquoi ferait-il une chose pareille ?

KHROUCHTCHEV. – Je ne sais pas, mais pourquoi voudraient-ils le tuer ? Ça n'a pas sens.

Boulganine reste pensif comme s'il voulait vraiment croire son camarade Khrouchtchev.

BOULGANINE. – Mais ce n'est pas tout. Cet après-midi les hommes de Lavrenti sont venus chez moi.

KHROUCHTCHEV. – Quoi ?!

BOULGANINE. – Je n'y étais pas, naturellement. Mais ma femme, oui. Ils lui ont posé des questions. Des questions sur ma relation avec le malheureux Krivitsky.

KHROUCHTCHEV. – Ça, c'est un piège, camarade Nikolaï.

BOULGANINE. – C'est bien mon avis. Que peut-on bien demander à ma femme ? La pauvre, elle a eu une peur bleue.

KHROUCHTCHEV. – Lavrenti est en train de tenir un rôle qui n'est pas le sien.

BOULGANINE. – C'est vrai.

KHROUCHTCHEV. – Tu devrais parler avec le camarade Staline, lui dire qu'on n'a pas le droit...

BOULGANINE. – Tu es fou ? Tu veux que moi, je reproche à, à...

KHROUCHTCHEV. – Non, non je ne suis pas fou. Dis-lui ce soir. Plains-toi. Je me mettrai de ton côté, compte là-dessus.

Pause.

BOULGANINE. – C'est étonnant la quantité de suicides qu'il y a en ce moment !

KHROUCHTCHEV. – Pourquoi dis-tu cela ?

BOULGANINE. – Ce n'est pas son écriture ! Je connaissais bien Krivitsky ! Il était mon ami ! Et celle-là, ce n'était pas son écriture ! Tu comprends ? Lui, il n'est même plus capable de sauver les apparences ! (*Chuchotant.)* Non seulement c'est un assassin mais en plus il bâcle son travail !

KHROUCHTCHEV. – Qui ?

BOULGANINE. – Qui quoi ?

KHROUCHTCHEV. – Qui est l'assassin qui bâcle son travail ?

BOULGANINE. – Comment ? Qu'est-ce que tu es en train me dire ?

KHROUCHTCHEV. – Ce que toi tu m'as dit.

BOULGANINE. – Moi je ne t'ai rien dit.

KHROUCHTCHEV. – Comment ça tu ne m'as rien dit ? Tu as dit...

BOULGANINE. – Qu'est-ce que je t'ai dit camarade Nikita ? Je n'ai rien dit et je n'ai pas parlé avec toi.

KHROUCHTCHEV. – Excuse-moi, mais...

BOULGANINE. – Alors de quoi diable sommes-nous en train de parler ?

KHROUCHTCHEV. – De... je ne sais pas.

BOULGANINE. – Nous sommes en train de parler...

(À ce moment-là, le regard de Boulganine se fixe sur la porte et aussitôt après Khrouchtchev l'imite.)

... des tarifs douaniers, n'est-ce pas ?

KHROUCHTCHEV. – Comment ?

BOULGANINE. – Nous sommes en train de parler du putain de problème des tarifs douaniers qui nous préoccupe tant, non ? Merde !

KHROUCHTCHEV. – Oui, ça m'en a tout l'air, les tarifs douaniers...

BOULGANINE. – Eh bien parle-moi des tarifs douaniers pour l'amour de Dieu ! Les tarifs douaniers !

KHROUCHTCHEV. – Oui, les tarifs douaniers, eh bien, comme je viens de te le dire, camarade Boulganine, à mon avis, l'affaire des tarifs douaniers, les tarifs douaniers, comme tu le sais...

Deuxième scène

Pendant que Khrouchtchev persiste dans son balbutiement, s'ouvre la porte et entre Gueorgui Maximilianovitch Malenkov, Vice-Premier ministre de Staline. C'est un homme légèrement amaigri mais avec un visage doux et innocent. Ce qui saute aux yeux quand il apparaît, c'est la boîte d'une taille considérable qu'il porte entre les bras. Il est également très couvert.

KHROUCHTCHEV. – Bonjour Gueorgui.

MALENKOV. – Bonjour. Tout va bien ?

KHROUCHTCHEV. – Divinement. *(En parlant de la boîte.)* Qu'est-ce que c'est que ça ?

BOULGANINE. – Bonjour Gueorgui.

Malenkov pose la boîte sur la table.

KHROUCHTCHEV. – Tu as l'air fatigué.

MALENKOV. – J'ai l'air fatigué ? Je suis fatigué.

KHROUCHTCHEV. – Oui, je vois ça.

MALENKOV. – Toi, tu n'es pas fatigué ?

KHROUCHTCHEV. – Pas plus que les autres jours.

MALENKOV. – Moi, je suis éreinté. Tu sais combien d'heures j'ai dormi cette nuit ? Zéro ! Aucune !

KHROUCHTCHEV. – Tu as encore fait la fête hein ?

BOULGANINE, *en parlant de la boîte.* – Qu'est-ce que c'est que ça ?

MALENKOV. – Faire la fête ! Voyons ! Sais-tu à quelle heure nous nous sommes dit au revoir hier soir ?

KHROUCHTCHEV. – Hier soir ? Vous étiez là hier soir ? Qui ?

MALENKOV. – Moi, Lavrenti, Papacha, Poskrebitchev, et qui y avait-il encore ? *(Il reste pensif.)* Non, non, personne d'autre. Nous quatre et lui seulement.

KHROUCHTCHEV. – Et moi ?

MALENKOV. – Non, toi tu n'y étais pas.

KHROUCHTCHEV. – Oui, oui, je sais que je n'y étais pas ! Mais pourquoi ?

MALENKOV. – Je ne sais pas. Il a dû t'oublier.

KHROUCHTCHEV. – Merde !

MALENKOV. – Tu n'as rien raté Nikita. À six heures et demie ! Nous avons fini à six heures et demie ! Et ensuite, quand je suis rentré à la maison, je n'ai pas pu fermer l'œil. Et quand je suis presque sur le point de m'endormir, tu sais ce qui se passe ?

KHROUCHTCHEV. – Aucune idée.

MALENKOV. – Le réveil sonne ! J'ai eu envie de me suicider, je te jure !

(Khrouchtchev et Boulganine se regardent de manière significative.)

Moi, je suis trop vieux pour ces choses-là, camarades. Je ne suis plus ce que j'étais. Les années passent, n'est-ce pas ? Nous nous levons tôt, des milliers de réunions, des milliers d'appels, des milliers de dossiers, et ensuite le soir, le camarade Staline souhaite nous voir. Et alors nous buvons, nous mangeons, nous parlons et nous passons de bons moments ensemble. *(Khrouchtchev et Boulganine se regardent incrédules.)* Et nous rentrons chez nous au lever du soleil, avec tout juste le temps de prendre le petit déjeuner. Aujourd'hui, par exemple... je suis éreinté.

KHROUCHTCHEV. – Tu as songé à la retraite ?

MALENKOV. – Tu es fou ? Je suis vieux, mais pas à ce point-là ! Tu sais ? Il y a encore du Malenkov pour un bout de temps !

Malenkov et Khrouchtchev rient.

BOULGANINE. – Qu'est-ce que c'est ?

MALENKOV. – Quoi ?

BOULGANINE. – Cette boîte-là.

MALENKOV. – Que je sois foudroyé si je le sais. Staline me l'a donnée et m'a demandé de l'amener.

BOULGANINE. – Elle est lourde ?

MALENKOV. – Pas très.

KHROUCHTCHEV. – Ce doit être des documents.

MALENKOV. – Je ne sais pas, mais je ne crois pas. Trop légère. *(À Boulganine, qui regarde la boîte.)* Il m'a dit que nous ne la touchions pas jusqu'à ce qu'il vienne. Il a insisté pour que nous l'attendions ici.

BOULGANINE. – Et lui où est-il ?

MALENKOV. – Il se promène.

BOULGANINE. – Par ce froid ?

MALENKOV. – Je ne sais pas. Il a dit qu'il allait se promener et qu'il devait s'entretenir avec Lavrenti.

BOULGANINE. – Lavrenti ?

MALENKOV. – Oui, avec Lavrenti. De quoi t'étonnes-tu ? Tu es un peu nerveux, non ? *(À Khrouchtchev.)* Que lui arrive-t-il au camarade Nikolaï ?

Khrouchtchev hausse les épaules.

KHROUCHTCHEV. – J'aimerais boire quelque chose. Y a-t-il du vin par là ?

MALENKOV. – Non, moi je ne vois rien. Appelons...

BOULGANINE, *à Malenkov, en l'interrompant.* – Où les as-tu vus pour la dernière fois ?

MALENKOV. – Pardon ?

BOULGANINE. – Lavrenti et le camarade Staline. Où les as-tu vus pour la dernière fois ?

MALENKOV. – Il y a deux minutes. Je crois qu'ils se dirigeaient vers l'étang.

BOULGANINE. – Je vais les chercher.

KHROUCHTCHEV. – Pourquoi ? Attends qu'ils viennent.

MALENKOV. – Lui a insisté pour que nous l'attendions ici.

BOULGANINE. – J'étouffe là-dedans. Une promenade me fera du bien. Je vais les chercher.

MALENKOV. – Comme tu veux. Mais lui...

(Boulganine prend son manteau, son bonnet et ses gants et file avec une certaine précipitation.)

Qu'arrive-t-il au camarade Nikolaï ? Il est un peu excité, n'est-ce pas ? Que lui arrive-t-il ce soir ?

KHROUCHTCHEV. – Je crois que c'est à cause de ce qui est arrivé à Krivitsky.

MALENKOV. – Que se passe-t-il avec Krivitsky ?

KHROUCHTCHEV. – Tu ne sais rien ?

MALENKOV. – Qu'y a-t-il à savoir ?

KHROUCHTCHEV. – À ce qu'il paraît, il s'est suicidé.

MALENKOV. – Krivitsky ? Il s'est suicidé ?

KHROUCHTCHEV. – Il paraît.

MALENKOV, *après la pause.* – On a du mal à le croire.

KHROUCHTCHEV. – Oui.

MALENKOV. – Tout allait bien pour lui.

KHROUCHTCHEV. – Il en donnait l'impression, oui.

MALENKOV. – C'est sûrement une histoire de jupons, non ?

KHROUCHTCHEV. – Je ne crois pas. Nous sommes trop vieux pour nous laisser affecter par...

MALENKOV. – Il baisait avec qui dernièrement ?

KHROUCHTCHEV. – Comment veux-tu que je le sache ? Demande à Nikolaï.

MALENKOV. – Bah ! Qu'est-ce que ça peut faire.

KHROUCHTCHEV. – Oui, qu'est-ce que ça peut faire.

(Pause.)

Au fait, Gueorgui, je veux te poser une question.

MALENKOV. – Dis-moi.

KHROUCHTCHEV. – As-tu entendu quelqu'un dire du mal de moi dernièrement ?

MALENKOV. – Non. Pourquoi tu me demandes ça ?

KHROUCHTCHEV. – Par curiosité. *(Pause.)* Même pas Staline ?

MALENKOV. – Comment ?

KHROUCHTCHEV. – A-t-il dit du mal de moi ? Ou as-tu entendu dire quelque chose qui n'était pas, qui n'était pas... ?

MALENKOV. – Non, vraiment non.

KHROUCHTCHEV. – Toi et moi, nous avons un accord, n'est-ce pas ?

MALENKOV. – Bien sûr que nous en avons un. C'est pourquoi Nikita, toi tu me protèges, moi et moi je te protège, toi.

KHROUCHTCHEV. – C'est cela.

MALENKOV. – Non, personne n'a pensé à t'écarter. Et toi ? Tu as entendu quelque chose à mon propos ?

KHROUCHTCHEV. – Les éloges habituels. On pense que tu fais du bon travail.

MALENKOV. – Et j'en fais !

KHROUCHTCHEV. – J'en suis sûr, cela ne fait aucun doute.

MALENKOV. – À propos, sais- tu s'il y a un ordre du jour ?

KHROUCHTCHEV. – Je ne crois pas. Pourquoi dis-tu cela ? Je pensais qu'il s'agissait d'une réunion ordinaire. Boire, raconter des blagues, écouter ses monologues... Néanmoins, maintenant que j'y pense, il ne serait pas mal venu que nous parlions des tarifs douaniers.

MALENKOV. – Non. Je fais référence à des questions plus sérieuses. Un autre genre de problèmes à traiter cette nuit.

KHROUCHTCHEV. – Je n'ai rien entendu de spécial.

MALENKOV. – Bon. Il ne s'agit peut-être que de la question des tarifs douaniers.

KHROUCHTCHEV. – Oui, seulement de la question des tarifs douaniers, que je sache.

Longue pause.

MALENKOV. – Le fait que Staline continue à demander conseil reste un des mystères les mieux gardés au Kremlin.

KHROUCHTCHEV. – Il le fait pour éprouver notre loyauté.

MALENKOV. – Mais notre loyauté est suffisamment prouvée. Nous passons toute notre vie à nous donner du mal pour cela. Et d'ailleurs, si nous ne savons pas ce qu'il pense, comment pouvons-nous savoir ce que nous devons penser ? Ce n'est pas juste qu'il nous demande notre avis avant de donner le sien. Et dernièrement il semblait savourer ce jeu.

KHROUCHTCHEV. – Tu as raison ; ce n'est pas juste. Il est difficile de prouver sa loyauté à un homme qui ne dit pas avec clarté ce qu'on est supposé penser. Mais en fin de compte c'est le fonctionnement de la politique. Il faut être un peu devin. Nous dansons sur un fil, et plus tu montes, plus tu es suspect.

MALENKOV. – Eh bien, selon cette théorie, Staline devrait être le plus suspect d'entre nous.

KHROUCHTCHEV. – Pourquoi ? Il serait très difficile de prouver que Staline n'est pas un bon staliniste.

MALENKOV. – En cela tu as raison, camarade Khrouchtchev.

(Pause.)

Peut-être était-il malade ?

KHROUCHTCHEV. – Qui ?

MALENKOV. – Krivitsky. Peut-être est-ce pour cette raison qu'il s'est suicidé. Un cancer ou quelque chose comme ça.

KHROUCHTCHEV. – « Il s'est suicidé par peur de la mort. » Ça ne ressemble pas au raisonnement d'un homme intelligent. Et Krivitsky l'était.

MALENKOV. – Alors, peut-être... Peut-être qu'il ne s'est pas suicidé.

KHROUCHTCHEV. – À quoi penses-tu ?

MALENKOV. – Rien, oublie. Il n'y a pas de vin ? Le froid me perce encore les os.

KHROUCHTCHEV, *en regardant autour de lui*. – Non, il n'y a pas de vin. Quelqu'un a emporté le vin. *(Pause.)* C'est étrange.

MALENKOV. – Qu'est-ce qui est étrange ?

KHROUCHTCHEV. – Rien. La boîte là.

(Malenkov et Khrouchtchev regardent la boîte.)

Tu ne sais vraiment pas ce qu'il y a à l'intérieur ?

MALENKOV. – Non, aucune idée.

KHROUCHTCHEV. – Au fait, tu sais si Krivitsky était surveillé ?

MALENKOV. – Surveillé ? Pourquoi ? Non, pas que je sache.

KHROUCHTCHEV. – Non, je ne sais pas pourquoi je te demande ça. Que diable y a-t-il dans cette boîte ?

MALENKOV. – Je t'ai déjà dit que je ne savais pas.

KHROUCHTCHEV. – Rien qu'à la voir, je suis nerveux. C'est Staline qui te l'a donnée, n'est-ce pas ?

MALENKOV. – Oui.

KHROUCHTCHEV. – Il te l'a donnée et t'a demandé de l'apporter ici, et que nous l'attendions ici jusqu'à ce qu'il vienne, n'est-ce pas ?

MALENKOV. – Oui, c'est bien cela.

KHROUCHTCHEV. – Mais peut-être que lui-même ne viendra pas. Il ne va pas venir jusqu'à ce que..., cette chose... cette maudite chose... explose.

MALENKOV. – Quoi ?

KHROUCHTCHEV. – Pourquoi crois-tu que Nikolaï est parti en courant en voyant la boîte ? POURQUOI ? Parce que lui-même a pensé ce que je suis en train de penser en ce moment !

MALENKOV. – Mon Dieu ! Tu crois ?

(Khrouchtchev acquiesce.)

Et pourquoi ne nous a-t-il rien dit avant de partir ? Ce satané fils de pute !

KHROUCHTCHEV. – Oui, c'est un fils de chienne.

MALENKOV. – Mais toi, tu penses vraiment que cette boîte... ?

KHROUCHTCHEV. – Peut-être que oui, peut-être que non...

MALENKOV. – C'est un connard. Ce Boulganine...

KHROUCHTCHEV. – Oui.

(Khrouchtchev prend son manteau. Malenkov l'imite.)

Moi je n'ai pas l'intention de rester ici avec cette chose.

MALENKOV. – Un moment. Ce serait avoir l'esprit tordu ! Tu ne crois pas ? Allons, dis-moi, quels motifs pourrait avoir le camarade Staline à vouloir nous enterrer dans les décombres de sa dacha ?

KHROUCHTCHEV. – Depuis quand le camarade Staline a besoin de motifs ? Mais je te donnerai un indice : dernièrement il répétait beaucoup... Comment c'est déjà ? « Je pense que la majorité des membres du bureau politique devrait être substituée. »

MALENKOV. – Nous sommes en train de devenir paranoïaques, tu ne crois pas ?

KHROUCHTCHEV. – Peut-être que oui, peut-être non. Toi tu restes ?

MALENKOV. – C'est lui qui a insisté pour que...

KHROUCHTCHEV, *en l'interrompant.* – Justement ! Je vais aller faire une promenade. Me dégourdir les jambes me fera le plus grand bien.

MALENKOV. – Attends, je viens avec toi. Moi aussi j'ai besoin de me dégour...

Khrouchtchev et Malenkov se dirigent vers la porte, et comme pour la sortie de Boulganine on peut remarquer une certaine urgence. Mais en ouvrant la porte – surprise – ils butent contre camarade Staline.

Troisième et dernière scène

Huit années se sont écoulées depuis sa conversation privée avec Churchill. Et ces années ne se sont pas écoulées en vain. Il déborde d'épaisseur, son ventre dépasse, sa nuque montre des plis et ses pantalons pendent comme un accordéon. Mais ce n'est pas tout. Il souffre de la maladie d'Alvarez. Maintenant c'est un cerveau complètement obnubilé par l'artériosclérose, ce qui provoque chez lui des hallucinations passagères et d'autres plus persistantes, comme le délire de persécution. C'est pourquoi il n'y a rien d'étonnant à ce que Lavrenti Pavlovitch Beria soit devenu son ombre. Celui-ci est un petit homme au visage rond, avec un voix aiguë et une apparence amicale ; mais il s'agit du ministre de l'Intérieur en personne et aussi du chef de la très redoutée N.K.V.D. Entrent donc Staline et son ombre petite et menaçante, Lavrenti Beria, maître absolu des caves de la Lubianka.

STALINE, *butant contre Khrouchtchev et Malenkov.* – Où allez-vous si vite ?

KHROUCHTCHEV. – Te chercher.

MALENKOV. – Tu tardais.

STALINE. – Je suis là. Et bien.

KHROUCHTCHEV. – Comment vas-tu Koba ?

STALINE. – Et toi ?

KHROUCHTCHEV. – Moi ?

STALINE. – Toi, comment vas-tu ?

KHROUCHTCHEV. – Bien, moi ça va bien. Bonjour Lavrenti.

BERIA. – Camarade Khrouchtchev.

KHROUCHTCHEV. – Comme tu as la main froide !

BERIA. – Il fait un froid de canard là-dehors.

KHROUCHTCHEV. – Ça vous dit un verre de vin ? J'ai envie d'un vin de Crimée. Où est le vin ? Il y a du vin ?

BERIA. – Et Nikolaï ? *(Regardant l'heure.)* Nikolaï n'est pas encore arrivé ?

MALENKOV. – Il est allé vous chercher. Vous ne l'avez pas vu ?

BERIA. – Non.

MALENKOV. – Il est parti très vite. Je ne sais pas pourquoi.

(Malenkov et Khrouchtchev se regardent et rient.)

Je suis mort de faim.

KHROUCHTCHEV. – Moi aussi.

La porte s'ouvre et apparaît Nikolaï Boulganine.

BOULGANINE. – Bonsoir Koba. *(Il lui tend la main. Staline la prend froidement. Puis il se dirige vers Lavrenti.)* Bonjour Lavrenti.

BERIA. – Ça va ? Il fait froid, hein ?

BOULGANINE. – Maudit froid.

KHROUCHTCHEV. – Et le vin ? Ne va-t-on pas boire ce soir ?

STALINE. – Ça suffit maintenant !

(Tous restent paralysés. Staline se promène.)

Débarrassez cette table. J'ai dit de...

(Tous, excepté Beria, se mettent à débarrasser la table des papiers et des livres.)

Voilà qui est mieux. *(Montrant le canapé.)* Mettez-le là. *(À Khrouchtchev.)* Non, pas la boîte. *(Pause.)* La boîte reste avec nous.

(Ils finissent de débarrasser la table. Khrouchtchev semble sur le point de parler, mais finalement il ne dit rien.)

Asseyez-vous.

(Tous s'assoient, sauf Beria.)

Toi aussi, Lavrenti.

(Lavrenti s'assoit. Staline se dirige vers le tourne-disque.)

(Staline, mettant un disque.) Je me souviens qu'une fois j'avais lancé un couteau à mon père. J'avais alors six ans.

(On entend de la musique. Le disque en question est celui d'une cantatrice accompagnée d'aboiements et de hurlements de chiens. Les camarades l'écoutent et se regardent sans savoir quoi penser. Staline sort sa pipe et la fume pensif, bien que ce soit une pipe vide. Prescription médicale.)

Je pense que la majorité des membres du bureau politique devrait être substituée. *(Pause.)* C'est drôle non ? *(Il approche de la table et met les mains sur les épaules de Boulganine.)* Il y a un traître parmi nous. *(Il s'éloigne de Boulganine.)* Aujourd'hui on ne dîne pas. *(Pause.)* Aujourd'hui on ne raconte pas non plus de blagues obscènes, celles auxquelles vous êtes habitués. Vous êtes supposés faire partie du Conseil des ministres, et non pas être des paysans finissant leur nuit dans une taverne. *(Pause.)* Voilà pourquoi aujourd'hui on ne dîne pas. Nous ne dînerons pas avant d'avoir résolu ceci. Nous avons le temps. Nous avons tout le temps qu'il faut. *(Pause.)* Demain aussi, le soleil se lèvera. *(Pause.)* Néanmoins pas pour tous. Bien. Je crois qu'après tout cela, nous allons nous entendre à la perfection.

(Staline sort une bouteille de vin et quatre verres. Il les met sur la table. Il s'assoit avec eux. Il continue de fumer sa pipe vide.)

Servez-vous. *(Ils le font.)* Je veux que vous buviez à ma santé. Non, non pas de toast, s'il vous plaît. Comme ça, sans un mot. *(Ils boivent.)* Voilà qui est mieux. Buvez. Très bien. C'est cela. Servez-vous encore. Voilà. Et maintenant une question. Je veux vous poser une question.

(Tous se regardent, nerveux.)

Oui, oui, je veux vous poser une question. À tous. *(Pause.)* Que pensez-vous de Dostoïevski ?

Silence.

KHROUCHTCHEV. – Que pense-t-on de quoi ?

STALINE. – Dostoïevski.

(Silence. Personne ne veut être le premier à répondre.)

Eh bien alors ? Est-ce que je ne parle pas assez clairement ? J'ai dit : que pensez-vous de Dostoïevski ?

KHROUCHTCHEV. – Je ne dirai pas qu'il soit conforme aux canons du réalisme socialiste.

Staline acquiesce.

BOULGANINE. – Je pense de même. L'existence d'une littérature sans lien organique avec le Parti est inadmissible.

Staline claque la langue.

MALENKOV. – Comme tu l'as bien dit dans la *Pravda*, je ne pense pas que ce soit une bonne influence pour nos jeunes. La publication de ses œuvres me paraît déconseillée.

Staline semble s'ennuyer.

STALINE. – Et toi, Lavrenti, que dis-tu ?

BERIA. – Dostoïevski ?

STALINE. – C'est cela. Dostoïevski.

BERIA. – En toute modestie je préfère Gorki. En fin de compte Dostoïevski est un écrivant bourgeois. Je ne crois pas que les littéraires soient censés avoir des privilèges spéciaux ; eux aussi sont responsables devant le Parti.

(Staline s'ennuie de manière ostensible.)

À bas les littéraires sans parti !

Silence tendu.

STALINE. – Oui, oui, tout cela c'est très bien, mais quel grand écrivain !

BERIA. – Oui, quel grand écrivain !

KHROUCHTCHEV. – Oh oui ! C'est indéniable.

BOULGANINE. – Oui, je pense de même.

STALINE. – Et toi Malenkov, as-tu quelque chose à dire ?

MALENKOV. – Je crois que globalement je suis d'accord.

STALINE. – Eh bien, quelle surprise ! Le camarade Malenkov est d'accord. Mais globalement ? Je ne comprends pas, camarade. Quel est le point sur lequel tu ne sembles pas d'accord ?

MALENKOV. – J'ai dû mal m'exprimer. Je suis absolument d'accord. C'est un grand écrivain.

STALINE. – Alors, si c'est un grand écrivain comme tu le dis, devrions-nous permettre que ses œuvres soient publiées dans toute l'Union soviétique ?

MALENKOV. – Euh... Non... Je ne sais... Ce n'est pas un sujet que je... Je ne saurais trop quoi dire.

STALINE. – Mais c'est un grand écrivain, non ?

MALENKOV. – Cela va sans dire.

STALINE. – Eh bien, quels sont tes doutes ?

MALENKOV. – En vérité, je ne sais quoi dire à ce sujet... Je... je n'ai jamais lu Dostoïevski. Mais cela ne signifie pas que... que ce ne soit pas un grand écrivain.

STALINE. – Grand comment, camarade Malenkov ?

(Staline se met à rire et les autres font de même, excepté Malenkov. Tous, rient avec lui.)

Gueorgui est un bon employé, mais il n'a pas la moindre capacité à penser par lui-même ou à prendre une initiative.

(Tous rient. Malenkov le fait faussement.)

Bien. Vous vous êtes divertis un peu. Maintenant taisez-vous. Je crois que vous ne mesurez pas le sérieux de la situation. Vous ne comprenez pas le jeu parce que ceci n'en est pas un. Nous ne jouons pas. Buvez.

(Ils boivent.)

Maintenant une devinette. Oui c'est cela. Une petite devinette. Bien. Lavrenti et moi nous nous promenions dans le jardin. Il faisait froid. Je veux que vous essayiez d'estimer la température au-dehors. Pour chaque degré de différence vous allez boire un verre de ce vin. Ce vin de Crimée, comme le voulait ce soûlard de Nikita. Il est de qualité. Je m'occupe de vous tant que je peux, non ? Toi Lavrenti, dis quelque chose.

BERIA. – Je dirai moins dix-neuf. Moins dix-neuf degrés.

STALINE. – Très bien. Qui est le suivant ?

KHROUCHTCHEV. – Moins dix-huit ? À vrai dire, je ne sais pas.

MALENKOV. – Moi aussi je dis dix-huit.

STALINE. – Il me manque quelqu'un. Qui me manque-t-il ?

MALENKOV. – Il te manque Nikolaï.

STALINE. – Merci Gueorgui. Eh bien ? Que dit le camarade Boulganine ?

(Boulganine ne dit rien.)

Regardez-le là-bas, assis comme Jésus-Christ, comme si rien ne le touchait. Et maintenant il me regarde moi comme s'il était le Christ.

BOULGANINE. – À quoi veux-tu en venir, Koba ?

STALINE. – Moins de familiarités. Ce soir je ne veux pas de familiarités. Je ne sais pas si vous vous en rendez compte. Nous traitions une affaire très sérieuse. Ceci n'est pas un jeu. Compris ? Je commencerai à te soupçonner si tu ne réponds pas à ce que je t'ai demandé.

Boulganine. – Moins vingt et un, je crois qu'il fait moins vingt et un là-dehors.

Staline. – Bien, très bien. *(Pause.)* Voici le résultat : Nikita et Gueorgui trois verres de vin à boire et Lavrenti deux seulement. Notre cher camarade Boulganine en boira cinq.

Boulganine. – Cinq ? Mais pourquoi ? Combien fait-il réellement ?

Staline. – Combien ? Réellement ? Et quelle importance ? Ceci n'est pas un casino !

(Staline se lève, se dirige vers l'armoire à pharmacie et engloutit deux pilules de différentes couleurs.)

Tu crois que je ne sais pas que tu me surveilles ?

Boulganine. – Comment ?

Staline. – Hier encore, voyons, pourquoi es-tu allé au cinéma ? Tu y es allé parce que tu savais que j'y allais, oui ou non, hein ? Et comment savais-tu que je serais au cinéma ? Qui te l'a dit ? Qui ? Qui ?

Boulganine, *après une pause*. – Ta secrétaire me l'a dit.

Staline. – Ma secrétaire ? Impossible ! Je n'ai pas dit à ma secrétaire où j'allais.

BOULGANINE. – Tu as dû lui dire car elle me l'a bien dit.

STALINE. – Tu es en train d'accuser la secrétaire de quelque chose, camarade Boulganine ? Si c'est le cas, dis-le clairement. Tu sais que je n'aime pas les ambiguïtés.

BOULGANINE. – Non, je n'accuse personne de rien. Je suis en train de dire que ta secrétaire m'a dit que tu serais au cinéma du Kremlin. Ceci n'est pas une accusation.

STALINE. – Et tu dis que tu voulais me voir ? Mais, tu ne m'as même pas adressé la parole !

BOULGANINE. – C'est que je ne suis pas allé au cinéma pour te voir, camarade Staline. Je t'ai simplement appelé pour te parler de l'affaire des tarifs douaniers...

STALINE. – Dernièrement tout le monde ne fait que parler de l'affaire des tarifs douaniers ! N'y a-t-il pas d'autres sujets à traiter en Union soviétique ? *(Pause.)* Bon. Tu me dis que tu voulais me parler de l'affaire des tarifs douaniers, alors pourquoi ne l'as-tu pas fait ?

BOULGANINE. – Je voulais te parler de l'affaire des tarifs douaniers dans un lieu adéquat, pas au cinéma. Ce qui est arrivé, camarade Staline, c'est que lorsque ta secrétaire m'a dit que tu étais au cinéma, l'idée m'est venue de lui demander le film que tu allais voir. Ainsi, j'ai décidé de faire une pause et de voir aussi le film.

STALINE. – Tu es en train de me dire, camarade Boulganine, que tu es allé au cinéma parce que tu voulais voir le film et pas du tout pour me voir. C'est bien ce que tu es en train de me dire ? Que tu n'avais pas envie de me voir et que c'est pour cette raison que tu ne m'as pas adressé la parole ?

BOULGANINE. – Non, camarade Staline. C'est toujours une joie de voir le camarade Staline. Mais à ce moment-là, je ne voulais pas te déranger. Je crois que le camarade Staline a également droit au repos. J'ai pensé que je ferais mieux de trouver l'occasion opportune pour vous parler de l'affaire des tarifs douaniers.

STALINE, *après une pause*. – Eh, bien, parle-moi.

BOULGANINE. – Comment ?

STALINE. – Parle-moi de l'affaire des tarifs douaniers. Ou ne crois-tu pas que ce soit le moment propice pour parler de l'affaire des tarifs douaniers ? Voyons, qu'est-ce qui te préoccupe ? Je dirais même mieux, qu'est-ce qui vous préoccupe tous ? Dernièrement, vous ne saviez parler que de l'affaire des tarifs douaniers. Et pourquoi ? Je vous jure que je n'arrive toujours pas à comprendre. Où est le problème ? Pourquoi avez-vous tous l'air obsédés par cela ? L'affaire des tarifs douaniers ! C'est tellement ennuyeux de parler de cela. Mais d'accord, soyons tolérants avec le camarade Boulganine. Il dit qu'il veut parler des tarifs douaniers, et bien parlons des tarifs douaniers et finissons-en une fois pour toutes. Quel est le problème ? Quelqu'un peut-il me dire ?

Où est-il ? Nous allons en parler, le résoudre, et ensuite nous l'oublierons pour toujours. D'accord ? *(Pause.)* Pour ma part, je vous donnerai mon avis si cela ne vous dérange pas. Une union des douanes, une fédération entre Roumanie et Bulgarie, il s'agit bien de cela ?

BOULGANINE. – Oui.

STALINE. – Quelle sottise ! Ce type d'union n'est pas réaliste ! *(Pause.)* Quelqu'un a-t-il quelque chose à ajouter ?

KHROUCHTCHEV, *après avoir levé la main timidement.* – Mais les unions des douanes, ensuite, dans la pratique, ne se sont... ne se sont pas si mal déroulées. Au moins dans certains cas.

STALINE. – Par exemple ?

KHROUCHTCHEV. – Par exemple au Bénélux. Dans ce cas-ci, la Belgique, la Hollande et le Luxembourg se sont unis.

STALINE. – Non, pas la Hollande. La Belgique et le Luxembourg uniquement. Deux pays, deux petits pays qui sont presque des provinces, qui ne comptent pour rien. Cette union est insignifiante.

KHROUCHTCHEV. – Mais ?

STALINE. – Oui ? Que vas-tu dire ?

KHROUCHTCHEV. – Et bien la Hollande aussi... elle aussi appartient au Bénélux.

STALINE. – Pas la Hollande ! *(Pause.)* La Hollande n'appartient pas au Bénélux.

BOULGANINE. – Camarade Staline...

STALINE. – Quoi ?

BOULGANINE. – Rien.

STALINE. – Non ! Pas la Hollande ! La Hollande n'appartient pas au Bénélux. Quand je dis non, c'est non ! *(Pause.)* Y a-t-il un autre sujet à traiter ?

BOULGANINE. – Je peux... Je peux aller aux toilettes ?

STALINE. – Non, tu ne peux pas. Y a-t-il un autre sujet à traiter ?

KHROUCHTCHEV. – La banque nationale.

STALINE. – Qu'est-ce qu'il y a avec la banque nationale ?

KHROUCHTCHEV. – Krivitsky.

STALINE. – Krivitsky ?

KHROUCHTCHEV. – Il paraît que Krivitsky s'est suicidé hier à l'aube. À ce qu'il paraît.

STALINE. – Qui te l'a dit ?

KHROUCHTCHEV. – Le camarade Boulganine.

STALINE. – Ah ! Le camarade Boulganine.

Staline regarde Boulganine qui lui-même fusille du regard Khrouchtchev.

KHROUCHTCHEV. – Le fait est que maintenant il n'y a personne à la tête de la banque nationale. C'est un poste trop important pour le laisser vacant même pendant deux jours.

STALINE. – Quelqu'un a-t-il une suggestion à faire ?

KHROUCHTCHEV. – Oui.

STALINE. – Oui ?

KHROUCHTCHEV. – Alexandrov.

STALINE. – Alexandrov... Que pensez-vous d'Alexandrov, vous autres ?

MALENKOV. – Il faudrait y réfléchir.

STALINE. – Alexandrov... Un économiste très compétent.

BOULGANINE. – Oui, c'est exact.

MALENKOV. – C'est plutôt un magicien des finances.

STALINE. – Et toi Beria, qu'en penses-tu ?

Beria hausse les épaules.

KHROUCHTCHEV. – Alors ! Tu penses que c'est une bonne idée ? Je peux lui annoncer demain sa nomination ?

STALINE. – Lui annoncer quoi.

KHROUCHTCHEV. – Eh bien... Que nous le mettons à la tête de la banque nationale.

STALINE. – Si tu veux lui dire, fais-le, mais je crois qu'il ne va pas accepter.

KHROUCHTCHEV. – Comment ça ? Il sera très heureux de savoir que nous avons pensé à lui ! C'est un poste à très hautes responsabilités.

STALINE. – Oui, mais si tu veux le voir, tu devras descendre aux enfers. Il a été fusillé il y a deux heures, n'est-ce pas camarade Beria ?

Beria acquiesce.

KHROUCHTCHEV. – Et quelle, quelle est la raison ?

BERIA. – Il était soupçonné de duplicité.

STALINE. – Ah ! Nikita, à quoi sert au Parti un bon économiste qui est prêt à nous trahir ? Lavrenti m'a rapporté ses confessions.

KHROUCHTCHEV. – Qu'a-t-il confessé ?

STALINE. – Réponds-lui toi, Beria.

BERIA. – Il a confessé qu'il n'était pas coupable.

STALINE. – Voyez-vous çà.

BERIA. – En plus de traître, il était menteur.

STALINE. – Incroyable non ?

BERIA. – Il n'y a pas que cela : il est mort en criant : « Je suis innocent, vive le Parti, vive Staline. »

STALINE. – Certains, même face au poteau d'exécution, se croient les maîtres de ce pays.

BERIA. – Il est mort sans demander pardon. Il avait également le péché d'orgueil.

STALINE. – Vous voyez ? Le Parti apparemment n'a pas besoin d'un économiste comme cet Alexandrov.

BERIA. – Ce qui est sûr c'est qu'en plus d'être Juif, il préparait une conjuration pour séparer la Crimée de l'U.R.S.S.

KHROUCHTCHEV. – Et pourquoi voulait-il une chose pareille ?

Beria hausse les épaules.

MALENKOV. – Même si c'est le cas, vous avez bien fait de le fusiller.

KHROUCHTCHEV, *à Beria.* – Les preuves contre lui étaient suffisamment solides ?

BERIA. – Tu es en train de m'accuser de quelque chose camarade Khrouchtchev ?

KHROUCHTCHEV. – Non, je suis uniquement en train de m'intéresser au procès.

BERIA, *avec une intention.* – Je sais que vous étiez bons amis.

KHROUCHTCHEV. – Pourquoi dis-tu cela ? Nous n'étions pas amis. D'ailleurs, je ne l'appréciais pas beaucoup.

BERIA. – Tu ne l'appréciais pas ? Alors pourquoi l'as-tu proposé pour le poste de chef de la banque nationale ?

KHROUCHTCHEV. – C'était un bon économiste, voilà pourquoi ! Mais si en plus de l'être, il voulait séparer la Crimée de l'Union soviétique pour Dieu sait quelles raisons, tu as bien fait de l'obliger à confesser son innocence !

STALINE, *impatient.* – Assez ! Je suis exaspéré par la politique ! Vous les politiciens... Je ne sais pas. Je crois que vous ne prenez pas conscience de la situation. Vous croyez que j'aime tout cela. Non, je n'aime pas cela. Ce qui arrive est très désagréable. Est-ce ma faute ? Non. Vous voulez m'aider ou non ? Êtes-vous prêts à m'aider ? Je veux découvrir le traître qui est parmi nous. Ici, assis à cette table.

(Silence.)

Eh, bien, personne ne veut m'aider ? Pas même toi, camarade Beria ?

BERIA. – Moi si.

MALENKOV. – Moi aussi.

KHROUCHTCHEV. – S'il y a un traître, nous le démasquerons.

STALINE. – Et toi, Nikolaï, tu ne dis rien ?

BOULGANINE. – Moi ? Moi, je n'ai rien fait, camarade.

STALINE. – Tu n'as rien fait ? Alors tu dois être tranquille. Tu vas m'aider ?

BOULGANINE. – Oui.

STALINE. – Bien, voilà qui est bien. Buvez, ainsi le traître déliera sa langue.

(Ils boivent.)

Allons, il est plus de onze heures. Tout devrait être résolu avant une heure, du moins je l'espère. Aidez-moi, d'accord ? Dans une heure, nous saurons qui trompe, qui conspire, qui est le traître. Eh bien, si vous le voulez, dînons. Personne ne doit se sentir inquiet, encore moins les innocents.

(Staline se lève, met un bonnet de femme qui paraît visiblement trop petit.)

Regardez-moi. *(Ils le regardent.)* Qu'en pensez-vous ? Une femme française me l'a envoyé pour mon anniversaire. Il appartenait à sa fille de douze ans. La Gestapo l'avait torturée. Elle n'a pas résisté à la torture et elle est morte. Vous avez l'air endormis, écoutons un peu de musique.

(Staline met le même disque que tout à l'heure, une cantatrice accompagnée d'aboiements de chiens. Staline entame quelques pas de danse. Ses chambellans le regardent.)

Je ne suis plus ce que j'étais. La vieillesse s'est acharnée sur moi.

BÉRIA. – Non, absolument pas.

STALINE. – Je suis un homme âgé.

KHROUCHTCHEV. – Un homme âgé ? Des bêtises !

MALENKOV. – Tu as l'air bien, tu te maintiens merveilleusement.

BOULGANINE. – Pour ton âge...

STALINE. – Tais-toi.

(Staline se dirige vers le tourne-disque, enlève le disque qui était en train de tourner et revient s'asseoir avec eux. Il porte le bonnet.)

Je peux mourir dans quelques années, et même dans quelques mois. Mais prenez cela en compte, je peux également vivre beaucoup plus longtemps.

Khrouchtchev se lève, se place à côté de Staline, et selon la coutume russe du toast, il lève son verre.

KHROUCHTCHEV. – Il n'existe pas au monde une personne aussi connue, aussi aimée et aussi estimée que notre camarade Staline. Une fois de plus, nous souhaitons à notre grand et aimé Staline, à notre maître, chef et ami, une bonne santé et de longues années de vie pour la gloire de notre peuple et le bonheur de toute l'humanité.

Tous se lèvent, lèvent leur verre et boivent.

STALINE. – Merci, camarades.

BOULGANINE. – Je peux y aller maintenant ?

STALINE. – Où ça ?

BOULGANINE. – Je me pisse dessus.

STALINE. – Allez, va.

BOULGANINE. – Merci, camarade.

Boulganine se lève et s'apprête à sortir. Staline attend qu'il sorte. Alors, il enlève le bonnet, saisit le téléphone et compose un numéro.

STALINE, *au téléphone.* – Surveillez Boulganine. Il se dirige vers les toilettes. Qu'il ne sorte pas du bâtiment. *(Il raccroche.)* Ce Boulganine, je m'en méfie. Que pensez-vous de lui ?

Longue pause.

BERIA. – Que pourrait-on penser de quelqu'un comme lui ? Je ne sais pas. En principe, rien.

KHROUCHTCHEV. – Il semble très nerveux. Pourquoi ?

MALENKOV. – Comme s'il n'avait pas la conscience tranquille.

STALINE. – Il me surveille. J'ignore pourquoi. Il me surveille.

Longue pause.

BERIA. – Ce matin, mes hommes ont parlé à sa femme.

STALINE. – Eh bien ?

BERIA. – Elle s'est montrée très... nerveuse.

STALINE. – Croyez-vous qu'il cache quelque chose ?

MALENKOV. – C'est possible.

KHROUCHTCHEV. – Qui sait ? En tout cas, le coup du cinéma, je n'y ai pas cru. Pourquoi est-il allé au cinéma ? Pour te surveiller, camarade Staline.

BERIA. – Et comment a-t-il su pour l'affaire Krivitsky ?

KHROUCHTCHEV. – Ils étaient bons amis, ce n'est pas un secret. Cependant...

STALINE. – Quoi ? Parle !

KHROUCHTCHEV. – Je ne sais pas, j'ai remarqué qu'il était très soucieux dernièrement.

MALENKOV. – Moi aussi je l'ai remarqué.

STALINE. – Et pourquoi le camarade Boulganine aurait-il des raisons d'être soucieux ?

BERIA. – Duplicité.

KHROUCHTCHEV. – Ça, nous devrions le lui demander. Non ?

BERIA. – Mais, tu crois qu'il nous le dirait ? Je ne crois pas.

MALENKOV. – Tout dépend de la façon dont tu lui demanderas, camarade Beria. Et toi, tu sais comment poser les questions.

STALINE. – Ah ça ! Pour savoir, il sait.

Pause.

KHROUCHTCHEV. – Je crois que le camarade Boulganine pense que le suicide de Krivitsky a été « provoqué ».

BERIA. – Provoqué ? Et pourquoi pense-t-il cela ? *(Khrouchtchev hausse les épaules.)* Provoqué par qui ?

KHROUCHTCHEV. – Je l'ignore. Mais en apprenant la nouvelle, il s'est montré très énigmatique. Moi si j'étais toi, Lavrenti, je le surveillerais.

BERIA. – Sans aucun doute, c'est suspect. Il faudra enquêter là-dessus.

KHROUCHTCHEV. – Nous ne pouvons pas non plus nous précipiter. Le mot enquête semble trop fort. En fin de compte, c'est un vieux camarade. Je crois qu'une filature serait suffisante mais sans déranger son cercle familial. Du moins pour le moment.

MALENKOV. – Non, je propose qu'on mène l'enquête. Avec toutes les conséquences. La sécurité du Parti ne doit pas tenir compte des susceptibilités de ses membres.

BERIA. – Pour ma part, je suis d'accord. Si le camarade Staline dit qu'il faut l'enquêter, je le fais. Qu'en penses-tu, Koba ?

STALINE. – Nous verrons.

Tous fixent la porte.
Boulganine entre.

BOULGANINE. – Que se passe-t-il ?

MALENKOV. – Rien. Que veux-tu qu'il se passe ?

KHROUCHTCHEV. – J'ai faim.

BERIA. – Moi aussi. J'ai l'estomac vide.

MALENKOV. – On dîne, camarade Staline ?

BOULGANINE. – Oui, dînons. Je crois que nous accordons bien trop d'importance à certaines choses, n'est-ce pas ? Nous sommes camarades. Depuis combien de temps luttons-nous – ensemble ? Combien de temps ? Beaucoup.

KHROUCHTCHEV. – Oui, que dîne-t-on ?

Staline tape du poing sur la table.
Tous demeurent paralysés.

STALINE. – Certains journalistes étrangers parlent du gouvernement soviétique comme s'il s'agissait d'un parc zoologique. Cela m'effraie de le dire, mais je crois que sur ce point-là je dois leur donner raison. Vous ne pensez qu'à manger.

(Personne n'ose sourciller.)

Finissons-en une fois pour toutes. Je déteste parler pour ne rien dire.

(Tous se rassoient.
Staline fume sa pipe vide.)

De quoi avons-nous besoin ? Nous avons besoin de trois choses : comprenez-le bien et gardez-le en mémoire : premièrement nous devons frapper, deuxièmement frapper et troisièmement frapper. Toujours frapper. *(Pause.)* La révolution ne peut être sauvegardée sur un tas de fumier ou dans une porcherie. Il faut nettoyer toutes les porcheries de l'Union soviétique. *(Pause.)* Notre révolution ressemble à la Sibérie : si elle ne tue pas les faibles et les pusillanimes, elle les guérit pour toujours. *(Pause.)* Je suis déjà un homme âgé...

BOULGANINE, *se levant pour porter un toast.* – Camara...

STALINE. – Assieds-toi !

(Boulganine s'assoit.)

Bien. Nous sommes bientôt sur le point de découvrir le traître. *(Pause.)* Quelqu'un peut-il me dire ce que contient cette boîte ?

(Tous nient sauf Beria.)

Gueorgui, même toi, tu ne peux pas me le dire ?

(Malenkov nie.)

Et toi, Nikita, que crois-tu qu'il y ait dans cette boîte ?

KHROUCHTCHEV. – Je ne dirai rien, parce que je ne sais pas ce qu'il y a dans cette boîte.

STALINE. – Parle, toi, Nikolaï.

BOULGANINE. – Je ne sais pas.

STALINE. – Lavrenti. Je suis sûr que Lavrenti sait quelque chose.

(Lavrenti se racle la gorge, puis nie.)

Je le demanderai autrement : Où vit Hamlet ?

(Personne ne répond.)

C'est incroyable. Rien. Pas la moindre idée. Ouvrez-la. Ouvrez cette boîte.

(Personne ne le fait.)

Toi, Nikolaï, ouvre la boîte.

(Boulganine ouvre la boîte.)

Qu'est-ce que c'est ?

BOULGANINE. – On dirait... des os.

STALINE. – Des os ? Pose-les sur la table.

(Boulganine se met à pleurer. Staline le regarde sévèrement. Boulganine dispose les os sur la table comme l'ordonne le camarade Staline. Staline prend un des crânes. Il s'agit d'un crâne à moitié calciné et cassé.)

Où vit Hamlet ?

MALENKOV. – Je crois que je ne comprends pas la question, camarade Staline.

KHROUCHTCHEV. – J'avoue que je me trouve dans la même situation que le camarade Malenkov. Je ne comprends pas la question.

Pause.

STALINE. – Tout le monde sait que nous les Russes ne sommes pas bien intelligents. Je dirais même plus. Le fait est que nous sommes simples et assez stupides, sans controverse. Tout le monde, en Europe, ne parle d'autre chose que de la stupidité de notre peuple. *(Pause.)* Camarade Boulganine ?

(Boulganine nie.)

Et Lavrenti ? Lavrenti peut-il me répondre ?

BOULGANINE, *après un raclement de gorge*. – Hamlet ?

STALINE. – Hamlet, le prince danois.

BERIA. – Où vit... *(Il se racle la gorge.)* Au Danemark ?

(Pause.)

De qui sont-ils ?

STALINE. – Quoi ?

BERIA. – Les os. De qui sont-ils ? *(Se levant.)* Moi je m'en vais.

STALINE. – Non, toi tu restes. Je crois que vous ne m'avez pas compris. Je ne suis pas en train de jouer. Si quelqu'un sort de cette pièce, j'ordonnerai... Lavrenti, un peu de patience. Il y a un traître parmi nous. La réponse... Personne ne connaît la réponse. La réponse est : « Hamlet vit au Kremlin. » Hamlet... Que diable ! Je boirai, moi aussi, avec vous.

Staline boit.

BERIA. – Koba, de qui sont ces os ?

STALINE. – Je vais vous dire ce que nous allons faire. Ce crâne, voyez-vous, je veux que vous embrassiez ce crâne. Un par un. Embrassez-le. *(Pause.)* Par votre façon d'embrasser ce crâne, je saurai qui d'entre vous est le traître. Tiens.

(Staline tend le crâne à Malenkov.)

Embrasse-le.

(Malenkov le fait et le passe à Khrouchtchev qui embrasse également le crâne et le passe à Boulganine. Boulganine l'embrasse et ensuite le tend à

Beria mais Beria ne le prend pas. En fait, il ne le regarde même pas.)

Camarade Beria, c'est ton tour.

BERIA, *montrant du doigt Boulganine.* – C'est lui le traître ! Ça n'a pas été suffisamment clair ? C'est lui le traître !

Staline claque la langue.

STALINE. – Lavrenti, tu es innocent ?

BERIA. – Oui !

STALINE. – Alors tu n'as rien à craindre. Embrasse le crâne.

(Beria prend le crâne des mains de Boulganine et l'embrasse.
Puis il le rend à Staline.)

Très bien, maintenant tout est clair. Tout est réglé. *(Longue pause. Staline se promène et semble méditer.)* Lavrenti Pavlovitch Beria, c'est toi, c'est lui camarades, le traître qui est parmi nous. C'est toi le traître.

BERIA. – Pourquoi moi ? Non ! Pourquoi moi ? Ça ne peut pas être quelqu'un d'autre ? Qu'est ce que j'ai fait ? Non !

(Beria, tremblant de la tête aux pieds, se met à genoux et lui baise la main. Il pleurniche.)

Cher Joseph Vissarionovitch ! Pardonne-moi ! Cher Joseph Vissarionovitch, tu sais combien j'ai été fidèle toutes ces années ! Crois-moi, je te serai fidèle à nouveau. Pardonne-moi !

STALINE. – J'aimerais vraiment te pardonner, camarade Beria. Si cela dépendait uniquement de mes sentiments...

BERIA. – Oui, pardonne-moi ! Pense à toutes ces années où je t'ai servi fidèlement !

STALINE. – Le passé appartient à Dieu et Dieu, comme tout le monde sait, est conservateur. Mais pas le Parti. Et moi non plus. *(Pause.)* Non, c'est impossible. Notre révolution vaut plus que ta vie.

BERIA. – Quelles preuves as-tu pour m'accuser ?

STALINE. – Ton existence ! Ça te paraît peu ? Pousse-toi ?

(Staline pousse Lavrenti Beria.)

Y a-t-il quelque chose de plus pervers que d'essayer de paraître ce que tu n'es pas ? Oui, essayer d'être ce à quoi tu ressembles ! Duplicité !

BERIA, *se traînant sur le sol.* – Non, tu te trompes ! Tu es en train de te tromper, camarade !

Boulganine pleure de joie.

STALINE. – Peut-être que le camarade Beria a raison. Peut-être que je suis devenu un obstacle aux desseins du Parti. Si c'est le cas, chers camarades, dites-le-moi clairement. Vous savez que je n'aime pas les ambiguïtés. Je suis prêt à me retirer.

MALENKOV. – Quelle idée !

BOULGANINE. – Te retirer ? Non, en aucun cas.

KHROUCHTCHEV. – Si camarade Staline se retire, je présente ma démission immédiatement.

STALINE, *à Beria.* – Tu le vois, j'ai l'appui du Parti.

BERIA. – Tu as le mien aussi, camarade !

STALINE. – J'aime entendre cela de ta bouche, Lavrenti parce qu'il y a encore quelque chose que tu peux sauver. Tu as deux options. La première, je t'apporte un pistolet et toi-même tu te fais sauter la cervelle. Ici. devant nous tous. Cette nuit, maintenant. La deuxième, dans le cas où tu refuserais, nous t'arracherons la peau par lambeaux et ensuite toute ta famille, ta fille de douze ans y compris, sera conduite dans les caves de la Lubianka. *(Beria veut dire quelque chose mais Staline l'en empêche par un geste.)* Tu sais que je peux le faire Lavrenti. Il suffit que je m'appuie sur la loi du 7 avril, je peux le faire. Ta fille... À quoi bon en parler. Tu sais déjà ce qui s'y fait dans cette sainte demeure. N'as-tu pas été toi-même le chef de cette porcherie ? Combien d'années ? Bon, peu importe. Qu'est-ce que tu décides ?

BERIA. – Je ne..., je ne comprends pas. Je ne comprends rien.

STALINE. – Tu n'as rien à comprendre. Ni Dieu, ni le diable ne t'ont donné la capacité de comprendre. Rien, sauf l'habileté à conspirer. Non, n'ajoute rien.

Maintenant le dernier mot appartient au Parti. C'est nous qui l'avons. Moi je dis que tu mérites de mourir. Toi, qu'en dis-tu, camarade Boulganine ?

BOULGANINE. – Oui.

STALINE. – Et que dit le camarade Khrouchtchev ?

KHROUCHTCHEV. – Je pense de même.

STALINE. – Malenkov...

MALENKOV. – Sans aucun doute.

STALINE. – Alors, nous sommes d'accord. On t'a jugé et il en résulte que tu es coupable de trahison vis-à-vis de la cause prolétarienne pour laquelle nous avons versé tant de rivières de sang. Nous tous. Lavrenti Pavlovitch Beria, si tu ne te suicides pas... Ce dernier privilège que nous te donnons... Tu veux que j'appelle les gardes pour qu'ils t'enlèvent la peau par lambeaux ? Tu connais déjà ces sauvages.

BERIA. – Non, je me suicide.

STALINE. – Eh bien d'accord. Nous sommes tous d'accord, même le traître. C'est déjà ça. *(Pause. Staline reste pensif.)* C'est vrai ; parfois on peut paraître trop dur, trop pointilleux.

MALENKOV. – Oh, je ne le crois pas.

BOULGANINE. – Moi non plus.

STALINE. – Si, parfois nous le sommes camarades. Parfois nous nous trompons. Mais aucune mort n'est vaine si nous regardons l'avenir. Quel est l'objectif ? La libération des travailleurs. Et quelle est cette merveilleuse vertu du communiste ? Se dépouiller de sa propre personnalité en vue d'atteindre l'objectif socialiste. *(Se dirigeant maintenant vers Beria.)* Lavrenti Beria, tu voulais des chefs d'accusation ? Eh bien tu en auras. Tu es coupable au moins d'avoir contribué à ce que des personnes innocentes se déclarent coupables.

BERIA. – J'ai agi suivant tes...

STALINE. – Suivant quoi ? Tu es en train de m'accuser de quelque chose, camarade ?

BERIA. – Non.

STALINE. – Non, bien sûr que non. D'ailleurs le fait que tu n'aies pas commis le crime dont on t'accuse ne veut pas dire que tu n'es pas coupable d'autres crimes aussi horribles.

BERIA. – Lesquels ?

STALINE. – Comment veux-tu que je sache si tu ne te résous pas à les confesser ?

BERIA. – Mais...

STALINE. – Mais rien ! Il n'y a pas un seul atome de Lavrenti Beria qui n'appartienne pas au Parti. Comprends-le. Tu nous appartiens. Tout ce que tu diras à partir de maintenant, quoi que ce soit, nous l'utiliserons contre toi. Tout excepté ton aveu. Si tu avoues, nous admirerons ton sacrifice.

Beria. – Que dois-je écrire ?

Staline. – Ce que tu peux avoir envie de dire avant de quitter ce monde. Ton aveu. Quelque chose de vraisemblable. Je vais te donner une piste. Écris : « Je suis une ordure. » *(Beria écrit ce que Staline lui ordonne. Boulganine et Khrouchtchev se regardent significativement.)* Écris lisiblement. Maintenant, accroche-le à ta cravate.

Beria, *avec un filet de voix.* – Comment ?

Staline. – Nikolaï, prête-lui ton épingle.

(Boulganine la lui donne. Beria s'épingle le mot.)

Maintenant va chercher le pistolet. Il se trouve dans le tiroir de la commode. *(Beria se lève pour aller chercher le pistolet.)* Dans le deuxième tiroir. À droite, dans une boîte bleue. Mais attention, tu sais que je peux voir en toi comme si tu étais transparent. *(Beria trouve la boîte, l'ouvre et sort le pistolet.)* Maintenant, mets-le sur la tempe, ou si tu préfères, mets-toi le canon dans la bouche. Dans la bouche, c'est plus sûr. De toute façon, si tu te rates, nous donnerons le coup de grâce. Tu n'as aucune raison de t'inquiéter. Je suis sûr que le camarade Boulganine sera enchanté de le faire. N'est-ce pas ?

(Boulganine acquiesce.)
(Beria, tout d'un coup, pointe le pistolet vers le camarade Staline.)

Que fais-tu ?

BERIA. – Camarade Staline : Tu es en train de commettre une grave erreur. *(Il pointe le pistolet sur Boulganine.)* C'est lui le traître !

STALINE. – Je n'ai jamais cru que l'on pouvait utiliser autant de mots pour n'aboutir à rien. À rien de bon. Je le savais. Lavrenti : tu n'es pas seulement un traître de la pire espèce, mais également un idiot. *(Lavrenti, le pouls tremblant, vise de nouveau Staline.)* Vous le voyez ? Vous le voyez, camarades ? Lavrenti nous vise, nous ! C'est ce qu'il a fait toutes ces années ! Pointer son pistolet sur nous ! Le pistolet que nous lui avons donné ! Vous avez vu ? Mérite-t-il ou ne mérite-t-il pas de mourir ? Idiot. Le pistolet n'est pas chargé.

(Staline se dirige vers Lavrenti et lui donne une petite tape sur la nuque.)

Tu es un abruti. *(Il le frappe à nouveau.)* Abruti. Crétin. *(Il lui enlève le pistolet, se dirige vers le buffet et le charge.)* Mais maintenant oui, Lavrenti, maintenant, il est chargé. *(Il lui donne le pistolet à nouveau.)* Suicide-toi. Le pistolet est chargé. Même s'il s'agit peut-être de balles sans plomb. Tu connais déjà les règles du jeu, enfin, peut-être pas toutes, hein ? Je vois... Tu doutes. Tu as de nouveau deux possibilités : la première : me tirer dessus, la deuxième : te tirer dessus. Remarque, je l'ai peut-être chargé de balles sans plomb. Si tu me tires dessus et que la balle reste dans le chargeur, tu auras montré, pour la deuxième fois en trois minutes, ta culpabilité. Ce serait le comble de la stupidité. Mais si tu vises ta petite tête de linotte et que la balle ne sort pas, tu montreras qu'il reste encore un peu de loyauté dans ton sale cœur. Si c'est le cas, je promets de te pardonner. Il est vrai, que le pistolet est peut-être réellement chargé. Alors un des deux mourra. Que vas-tu faire ?

(Les jambes de Lavrenti Beria tremblent de manière convulsive.
Une tache d'urine s'étend sur son entrejambe.)

(Staline, montrant la tache.) Toi, Lavrenti, toi qui en as conduit à l'abattoir, tant et tant ! Tu n'as pas honte ?

(Beria se met le canon dans la bouche, et tire.
On n'entend pas la détonation.
Staline rit, se dirige vers Lavrenti et lui donne une tape amicale.)

Très bien Lavrenti, très bien, tu es un des nôtres. Et maintenant, buvons à la santé de Lavrenti Beria. *(Staline remplit les verres.)* Longue vie à toi, camarade !

Staline lève son verre. Les ministres se regardent entre eux sans savoir vraiment quoi faire ou dire.

MALENKOV, *incrédule.* – Alors, il n'y a aucun traître camarade ? *(Staline nie.)* Sûr ?

STALINE. – Non, il n'y en a pas camarade Malenkov.

BOULGANINE. – Non ?

STALINE. – Non.

(Boulganine embrasse Staline.)

Allons, camarade Boulganine.

BOULGANINE. – Cher Staline, moi,... Je... *(Il pleure.)*

STALINE. – Allons, allons, Nikolaï, sèche ces larmes. Les sentiments, c'est pour les femmes.

BOULGANINE. – Père !

STALINE, *en l'écartant.* – Foutez le camp ! *(Pause.)* J'ai besoin de rester seul, je veux...

BOULGANINE. – Nous ne portons pas de toast ?

STALINE. – Porter un toast ? Je veux... dehors, serpents ! Rester seul... dehors, camarades,... Je...

Tous prennent leurs manteaux et s'apprêtent à partir. Staline commence à mettre les os dans la boîte.

KHROUCHTCHEV, *à Staline* – Te sens-tu bien, camarade ?

Staline ne répond pas ; il continue de mettre les os dans la boîte, l'air absent.

KHROUCHTCHEV. – Camarade !

STALINE, *d'une voix pâteuse.* – Je ne vois rien.

KHROUCHTCHEV. – Quoi ?

STALINE. – Il y a des taches noires devant moi.

Une artère vient d'éclater dans l'hémisphère cérébral gauche. L'hémorragie commence à envahir tout ce côté-ci du cerveau. Staline donne un coup de la main à la boîte et s'écroule. Les os d'Hitler, d'Eva Braun et d'un chien restent éparpillés sur le sol.

BOULGANINE. – Mon Dieu !

MALENKOV. – Que t'arrive-t-il Koba ?

Les ministres entourent Staline et tentent de le ranimer.
Staline tremble et bave. Maintenant, l'hémiplégie paralyse complètement le côté droit de son corps.

KHROUCHTCHEV. – On dirait que c'est sérieux. *(À Boulganine.)* Regarde son pouls. Il a un pouls ?

MALENKOV. – Camarades !

BOULGANINE. – C'est impossible, c'est impossible. Qu'est-ce qu'on fait ?

MALENKOV. – Il faut appeler un médecin ! Vite !

(Malenkov prend un des téléphones. Khrouchtchev va vers lui et lui attrape le poignet.)

Nikita, qu'est-ce que tu fais ?

KHROUCHTCHEV. – Lâche ce téléphone, lâche-le.

(Tous regardent Khrouchtchev.)

Vous ne voyez pas qu'il est en train de mourir ? Personne ne le ressuscitera. Si on ne le laisse pas mourir, l'Histoire ne nous le pardonnera pas. Personne ne bougera d'ici tant qu'on ne saura pas exactement ce qu'il est en train d'arriver à ce vieux connard.

Mais tout à coup, ils restent paralysés : Staline, du bras gauche, montre Khrouchtchev de façon accusatrice. Ils s'éloignent tous de Khrouchtchev comme s'il avait la peste. Staline montre un par un ses ministres. Puis, il semble indiquer qu'on le porte jusqu'au canapé. Beria s'apprête à le faire mais Khrouchtchev l'en empêche.

KHROUCHTCHEV. – Lui, il meurt. Personne d'entre nous ne peut souhaiter mieux. Qui est assez bête pour vouloir prolonger sa vie ? Faisons un pacte de silence. Lui, il meurt. Laissons-le là. Nous dirons que lorsque nous sommes partis, notre chef se portait à merveille. Demain, ils le trouveront froid et sans vie. D'accord ? J'ai ton appui, camarade Malenkov ?

MALENKOV. – Quoi ? Je ne sais pas.

KHROUCHTCHEV. – Tu ne sais pas ? Combien de fois avons-nous parlé de cette éventualité ? *(Pause.)* Que dis-tu ? Je peux compter sur toi.

MALENKOV. – Oui.

BOULGANINE. – Sur moi aussi.

KHROUCHTCHEV. – Les meilleurs pactes sont ceux qui se concluent sur les morts. Et celui-là, il ne se lève plus.

Néanmoins Staline, grâce à un considérable effort, arrive à se lever devant l'indescriptible frayeur des ministres qui, atterrés, forment une espèce de boule humaine. Staline s'accroche au dos d'un chaise et semble vouloir cracher des paroles envenimées qui lui brûlent la bouche. Mais celles-ci ne sortent pas de façon audible. Il s'effondre à nouveau. Il reste inerte.

(Khrouchtchev, après une pause.) Nous ferons ce que j'ai dit. Quelqu'un n'est pas d'accord ?

(Personne ne répond.)

Bien. Souvenez-vous d'une chose. Souvenez-vous que lui, ne fait plus partie des vivants. Rappelez-vous également que moi, oui, je fais partie des vivants. Moi et le camarade Malenkov et le camarade Boulganine. *(Pause.)* Lavrenti, tu es d'accord ? *(Beria acquiesce.)* Non, pas comme ça, camarade. Je veux l'entendre de ta bouche.

BERIA. – Je suis d'accord, camarade Khrouchtchev.

KHROUCHTCHEV. – Bien. Tu peux partir, et souviens-toi : le camarade Staline se porte à merveille.

Beria décroche le téléphone et compose un numéro.

BERIA, *au téléphone.* – Camarade Beria au téléphone. Ma voiture. *(Il raccroche.)* Camarades, je suis très fatigué. *(Il s'apprête à sortir.)*

KHROUCHTCHEV. – Il ne s'est rien passé ici.

BERIA. – Rien.

KHROUCHTCHEV. – Demain, nous réglerons les détails.

BERIA. – Oui, demain, nous réglerons les détails. Maintenant, je suis très fatigué.

KHROUCHTCHEV. – C'est une nouvelle ère qui commence pour l'Union soviétique.

BERIA. – Oui, bonne nuit, camarades.

KHROUCHTCHEV. – Bonne nuit.

MALENKOV. – Bonne nuit.

BOULGANINE. – Bonne nuit.

Beria sort.

KHROUCHTCHEV, *en parlant de Beria.* – Il faudra songer à nous débarrasser de lui.

MALENKOV. – Oui.

BOULGANINE. – Je vous jure que je le souhaite de toutes mes forces.

KHROUCHTCHEV. – Et le plus tôt sera le mieux. Maintenant, laissez-moi seul. Je veux rester seul avec lui. Si cela ne vous ennuie pas, camarades.

BOULGANINE. – Non, bien sûr que non.

(Boulganine s'approche de Khrouchtchev, l'embrasse et lui colle deux bisous.)

Bonne nuit, camarades. Le cauchemar est fini.

MALENKOV. – À ce qu'il paraît. Bonne nuit.

KHROUCHTCHEV. – Bonne nuit, camarade Boulganine.

Boulganine décroche le téléphone et compose un numéro.

BOULGANINE. – Je suis le camarade Boulganine. Ma voiture. *(Il raccroche le combiné et regarde Staline, dont la poitrine, encore angoissée, gigote comme un ressort. Il crache. À Khrouchtchev et Malenkov.)* Bonne nuit.

MALENKOV. – Bonne nuit.

KHROUCHTCHEV. – Bonne nuit.

Boulganine sort.
Désormais, le pouls de Staline galope et l'urémie s'intensifie. La respiration est entrecoupée à cause de l'irrigation défectueuse : elle marque des pauses prolongées, se renoue, s'accélère, diminue, cède devant une nouvelle apnée et se renoue à nouveau.
Khrouchtchev et Malenkov le regardent mourir.

MALENKOV. – La politique a toujours été une sale corvée. Quelque chose qu'il faut faire et qui doit se faire consciencieusement. Demain, on dira qu'un grand homme est mort.

KHROUCHTCHEV. – Oui, demain on dira qu'un grand homme est mort. Et plus tard, nous verrons bien ce qu'il faut dire.

Malenkov regarde les os éparpillés.

MALENKOV. – Mais qu'est-ce que c'était que ça ?

KHROUCHTCHEV. – Qu'est-ce qu'était quoi ?

MALENKOV. – Dans cette maudite boîte.

KHROUCHTCHEV. – Des os.

MALENKOV. – Mais de qui ? *(Il en prend un.)* Celui-ci, on dirait le crâne d'un chien.

KHROUCHTCHEV. – Qu'importe ! Les connards comme lui aimaient les mystères. Ils aimaient emmener avec eux quelques mystères dans leur tombe.

MALENKOV. – D'Alexandrov ?

KHROUCHTCHEV. – D'Alexandrov ? Quel sens cela a-t-il ? Pauvre Alexandrov. Non, je ne crois pas.

MALENKOV. – Tu sais, quand j'ai vu ces os, j'ai pensé que... Enfin, ce n'est pas facile à expliquer. J'ai pensé que c'étaient mes propres os, mes restes. Tu n'y as pas pensé ? *(Khrouchtchev le regarde sans sourciller.)* Et Boulganine, Boulganine aussi y a pensé. *(Pause.)* À propos, que crois-tu qu'il faille faire du camarade Boulganine ?

KHROUCHTCHEV. – Je n'en suis pas sûr. Il faudra y réfléchir.

MALENKOV. – Toi, tu lui fais confiance à celui-là, Nikita ?

KHROUCHTCHEV. – Je serais fou si je lui faisais confiance.

MALENKOV. – Alors, il faudra y réfléchir, mais rapidement.

KHROUCHTCHEV. – Oui ; maintenant laisse-moi seul si cela ne te dérange pas.

MALENKOV. – Non. Bonne nuit camarade. Nous sommes au sommet.

KHROUCHTCHEV. – Oui, nous sommes au sommet.

Khrouchtchev et Malenkov se serrent fort et s'embrassent.
Puis Malenkov décroche le téléphone et compose un numéro.

MALENKOV. – Je suis le camarade Malenkov, ma voiture. *(Il raccroche. À Khrouchtchev.)* Bonne nuit. Nous parlerons demain à la première heure.

KHROUCHTCHEV. – À la première heure, sans faute. Bonne nuit Gueorgui.

(Malenkov sort.
Khrouchtchev reste seul. Il met sa main dans la boîte et sort un crâne. Il le jette au feu, dans la cheminée. Pendant que le camarade Khrouchtchev regarde flamber le crâne, on entend au loin, des aboiements. Khrouchtchev regarde autour de lui, inquiet, presque effrayé.
Les aboiements cessent et Khrouchtchev semble reprendre son calme.

Ensuite il s'incline devant Staline, moribond et l'embrasse.
Il embrasse son crâne.
Puis il lève le combiné du téléphone et compose un numéro.)

C'est moi. Moi voiture. *(Il raccroche.)*

Khrouchtchev prend son manteau, éteint la lumière et sort.
Staline respire avec agitation dans l'obscurité.

Séville, Février 1996.

Achevé d'imprimer en France
le 17 mars 2006
sur les presses de

52200 Langres - Saints-Geosmes
Dépôt légal : avril 2006 - N° d'imprimeur : 6217